나는 임고생이고
기간제 교사입니다

나는 임고생이고
기간제 교사입니다

김보영 · 박수정 지음

저녁달
고양이

선생님이 되고 싶은,
되어가는 누군가에게

"이 책은 일기장이에요."

누군가 이 책이 어떤 책이냐고 묻는다면 이렇게 설명할 것 같다.

어릴 때 나는 위인전과 자서전 읽는 걸 무척 좋아했다. 부모님이 책 읽는 습관 들이라고 50권짜리 위인전 전집을 사주셨는데 1권부터 50권까지 다 읽고 또 읽었다. 친구들은 만화책이나 이야기 책을 읽는 동안 나는 위대한 사람들의 이야기를 읽었다. 나는 그 뻔한 신화적 레퍼토리가 좋았다.

이 세상을 이미 살다 간 과거의 인물이 고난과 역경을 이겨내고 끝내 무엇인가를 이루어냈다는 이야기를 읽고 있으면, 지금 내가 겪는 힘든 일은 아무것도 아닌 것처럼 느껴졌다. 나아가 나도 그들처럼 힘든 순간을 이겨낼 수 있을 거라는 긍정적인 마음이 생겼다.

하지만 점점 머리가 굵어지면서 현실을 보게 되었다. 아무리 애쓰고 노력해도 힘든 일은 힘든 일이었다. 위인 전처럼 고난을 이겨내는 대목은 좀처럼 오지 않았다. 어느 순간부터인지는 정확히 기억나지 않지만 위인들의 이야기하는 더 이상 나를 응원하지 못했다.

'실패는 성공의 어머니'라느니 '고통 없이 얻는 것은 없다'느니 하는 말은 이미 성공한 사람이나 할 수 있는 영웅담이라는 생각이 들었다. 특히 임용고시라는 어마어마한 시험을 준비하는 고시생이 되니, 누군가의 성공 스토리, 훌륭한 사람들의 이야기는 더욱 판타지처럼 보였다.

공부를 하다 보면 생각했던 것보다 더 다양한 이유로, 더 자주, 더 많이 힘들었다. 문제가 풀리지 않아서, 항상 앉던 도서관 자리에 다른 사람이 앉아서, 떡볶이가 너무 먹고 싶어서, 심지어 날이 좋아서, 날이 좋지 않아서 하루에 다섯 번 이상은 꼭 힘든 순간이 찾아왔다.

이런 힘든 순간들을 늘 현명하고 지혜롭게 넘기고 싶었지만 방법을 잘 몰랐다. 내가 알고 있는 가장 쉬운 방법은 친구를 만나 수다를 떨고 힘들었던 감정을 털어내는 것인데 성남시와 용인시, 가깝고도 먼 곳에 살고 있던 우리는 서로를 가장 필요로 하는 모든 순간에 함께할 수 없다는 것을 너무나도 잘 알고 있었다.

　이렇게 한 권의 책으로 담은 모든 글은 편지 한 통에서 시작되었다. 우리는 그날의 감정을 A4용지보다 작은 한 장의 편지지에 꾹꾹 눌러 담아 미래의 서로에게 보냈다. 며칠 뒤 그 편지를 읽고 과거의 힘들었던 감정을 서로가 보듬어줄 수 있다는 사실만으로도 충분히 위로가 되었다.

　그렇게 우리가 힘든 하루를 어떻게 보냈는지, 부정적인 감정을 어떻게 이겨냈는지 혹은 어떻게 졌는지, 나 자신마저 눈치채지 못하고 지나칠 뻔했던 사소한 감정들을 편지를 통해 세심하게 어루만져주면서 3년 동안 수백통이 넘는 편지를 주고 받았다. 그리고 이 편지들이 모여 이렇게 한 권의 '일기장'이 되었다.

　알레르기가 생긴 것처럼 위인전을 싫어했던 이유는 분명하다. 그때 당시는 위인들의 '성공담'을 듣고 싶었던 것이 아니라, 그저 매일 반복되는 이 지겨운 일상 속에서 자꾸만 생겨나는 짜증, 분노, 질투 등 부정적이고 나쁜 감정들을 슬기롭게 다스려본 사람의 '경험담', 나와 비슷한 일을 이미 겪은 사람 혹은 겪고 있는 평범한 사람의 이야기를 듣고 싶었다. 위인전이 필요했던 것이 아니라 일기장이 필요했던 것이다.

　이 책이 누군가에게 힘든 일이 생겼을 때 몰래몰래 훔쳐보고 싶은 '언니의 일기장', '누나의 일기장' 혹은 '그들

　　　　　　　　　　　　나는 임고생이고

의 일기장'이 되면 좋겠다. 한 페이지, 한 페이지 넘길 때마다 반복되는 일상 속에서 특별할 것 없던 평범한 우리의 이야기들이 어느 날 그들에게 특별한 위로가 되길 바란다. 그 마음으로 언제든 누구든 쉽게 엿볼 수 있도록 여기에 일기장을 두려고 한다.

- 2021년 따뜻한 봄날

차례

PART I 설레는 사범대 생활

_ 꿈은 선생님입니다

PART II 슬기로운 임고생 생활

_ 선생님으로 가는 길

설레는 사범대 생활

_ 꿈은 선생님입니다

무조건
사범대학

수정

    나에게 사범대학 진학은 당연한 일이었다. 열네 살부터 줄곧 나의 꿈은 선생님이었기 때문이다. 정확히는 꿈이라기보다 '장래희망'이라고 보는 게 맞겠다. 하지만 대학생이 되어서도 나는 내가 어떤 선생님이 되길 바라는지, 어떤 선생님이어야 하는지, 그 모습을 그려본 적은 없었다. 단순히 미래의 직업을 '선생님'으로 정했을 뿐이었다. 사실 중학생, 고등학생이었을 때는 세상에 얼마나 다양하고 많은 직업이 있는지 몰랐다. 의사, 간호사, 변호사, 검사, 판사, 회사원, 선생님…. TV나 책에서 보거나 생활 속에서 만나는 직업들 말고는 별로 아는 것이 없었다.

    요즘에는 중학교에 '자유학년제'가 있어서 빵을 만들거나 도자기를 만들어 보거나 하면서 여러 가지 직업체험을 할 수 있다. '자유학기제'가 모든 중학교에 도입된 것이 2016년이고, '자유학년제'는 2018년에 도입되었으니, 우리나라의 직업 교육은 이제 막 시작된 것이나 마찬가지다.

　내가 가장 가까이서 본 가장 멋진 직업은 선생님뿐이었다. 나는 내성적인 모범생이었고, 잘난 척 같지만 전 과목 공부를 정말 열심히 했다. 이과였지만 문과 과목도 잘했고, 미술이나 체육 실기 수행평가도 늘 만점이었다.

　고3이 되어서도 나의 진로는 바뀌지 않았고, 선생님이 된 내 모습을 상상하며 공부했다. 수시파냐, 정시파냐, 노선을 정해야 했을 때는 수시에 올인하기로 했고, 당시 6개의 수시 원서를 넣을 수 있었는데, 5개를 몽땅 사범대학에 넣었다. 나는 '과학교육과'에 가고 싶었는데 그 과가 있는 대학교는 수도권에 많지 않았다. 이화여자대학교와 단국대학교, 그리고 내 성적으론 감히 넘볼 수조차 없던 서울대학교뿐이었다. 그래서 나는 이화여자대학교와 단국대학교에 원서를 내었는데, 특히 승산이 있었던 단국대학교 과학교육과에는 면접 전형과 논술 전형에 2개의 카드를 써보았다.

　면접 날 단국대학교의 캠퍼스 풍경이 아직도 눈에 훤하다. 친구에게 빌린 무릎 밑으로 오는 단정한 교복 치마를 입고, 이마가 훤히 보이도록 머리를 꽉 묶고, 야무지고 똑똑하지만 선생님 말씀은 거역해본 적 없는 전교 1등 모범생 콘셉트로 면접에 임했다. 면접 대기실에 들어서니, 나와 같은 콘셉트의 수험생 40명 정도가 앉아 있었다. 단정한 복장으로 점수를 더 받아보려 했던 전략은 차별성이 없어졌다.

'역시 선생님이 될 사람들이라 그런지 이런 디테일을 놓치지 않는구나.'

대기실에는 긴장감이 맴돌았다. 이 중 단 '2명'이 이 캠퍼스를 거닐 것이다. 2등 안에는 못 들어도 추가 합격할 수 있도록 상위권에만 들자고 기도했다.

드디어 내 차례가 되어, 먼저 면접 문제를 푸는 장소로 이동했다. 수학 문항 몇 문제와 함께 교직 인성 문제가 출제되었는데 인성 문제는 '과거와 비교해 현재의 교사가 가져야 할 자세가 무엇인가'였다. 준비한 대로 열심히 문제를 풀었는데, 시간이 부족해 수학 한 문제는 다 풀지 못했다. 이후 면접실로 이동했다. 면접실에는 면접관이 3~4명 정도 앉아 있었다. 면접에서는 앞서 풀었던 면접 문제에 대해 구술로 답변하게 된다. 인성 문제에는 권위적인 모습보다는 친구 같은 친근한 선생님이 되어야 한다고 답했는데 그건 나의 진심이기도 했다.

그렇게 한 고비를 넘긴 뒤 수학 문제에 답했다. 면접관 선생님이 미처 풀지 못한 수학 문제를 지금 풀어보겠냐고 했고, 거절할 수 없는 질문에 당연히 "네. 알겠습니다."라

나는 임고생이고

고 대답하고서는, 뚫어지게 문제를 쳐다보았다. 가방을 뒤지면 혹시 부정행위가 될까 봐 연필도 꺼내지 못하고 (너무 긴장해서 연필을 꺼내도 되냐고 묻지도 못하고) 손가락으로 시험지 위에 투명 글씨를 써댔지만 압도되는 분위기에 수학 공식 중 그 무엇도 떠올릴 수 없었다. 그 짧은 몇 분이 몇 시간이나 되는 것처럼 느껴졌다. 결국 그렇게 수학 문제 하나는 답하지 못한 채 면접이 끝났다.

밖으로 나와 어느 계단에 앉아, 면접 대기실에서 받은 소보루빵을 꺼내 먹으며 다른 학과 면접을 보러 간 친구를 기다렸다. 자꾸 풀지 못한 수학 문제가 떠올라서 아쉬웠다. 그런데 정말 모르는 문제였고 논술 전형이 남았으니 논술을 잘 보면 괜찮을 것 같았다.

지금 생각하면 그때 왜 그렇게 쿨했는지 모르겠다. 아마도 실패경험이 거의 없는 모범생이라 세상 모르고 자신 있었나 보다. 그렇게 면접 날의 기억은 점점 잊혀갔다. 수능이 코앞으로 다가와 여느 날처럼 독서실에서 공부하고 있는데 담임선생님에게서 전화가 왔다.

"수정아! 대학교 붙었어!"

그렇게, 당연히 선생님이 되어야 한다고 생각했던 나는, 당연한 듯 사범대학에 입학했다.

자유와 열정과 객기

보영

　부모님께서는 장녀였던 나에게 유독 공부에 대한 잔소리를 많이 하셨다. 부모님과 공부에 관한 일로 다툰 날이면 책상 앞에 엎드려 혼자 분을 삭였는데, 그 모습을 지켜보던 동생이 나를 안타까워할 때도 많았다. 지금 생각해보면 잔소리는 아니었고 꼭 나에게 필요한 조언이었는데 나이도 마음도 많이 어렸던 나에게는 부모님의 목소리로 들리는 모든 말이 잔소리처럼 지겹게만 느껴졌다.

　나도 더 잘하고 싶어서 울면서 공부하는데 잔소리까지 들으니 더 화가 났던 것 같다. 그러면서도, 독서실 간다고 해놓고 노래방에 갔던 적이 한두 번이 아니었다. 스트레스든 나쁜 감정이든 어떤 방식으로라도 해소하고 싶었던 것 같다. 그런 날은 죄책감이 들어 일부러 더 힘든 표정을 지

　　　　　　　　　　　　　　　　　　　나는 임고생이고

었다. 부모님이 어떤 질문이나 추궁을 못하도록. 사실 나의 부모님은 합리적인 편이시라 내가 스트레스를 풀러 노래방에 다녀오겠다고 하면 허락해주셨을 텐데 성적에 대한 부담감과 미래에 대한 불안감, 그리고 때늦은 사춘기를 동시에 겪고 있던 고등학생 때의 나는 부모님과의 작은 승강이도 하고 싶지 않을 만큼 에너지가 별로 없었다.

내가 원하던 학과와 내가 목표로 하던 대학교를 합격했던 날은 아마 평생 잊지 못할 것이다. 집에 혼자 있다가 합격을 확인하고 기쁘고 흥분된 마음으로 가장 먼저 아빠에게 전화를 했다. 그런데 너무 좋으니 더 놀라게 해주고 싶어서 나도 모르게 장난기가 발동했다.

"아빠…. 나… 잘 안 됐어."

그동안 내가 공부하는 데 가장 많은 조언(잔소리)을 해주셨던 아빠가 어떻게 반응할지 궁금하기도 했다. 실망하고 속상해하실 줄 알았는데 아빠의 목소리는 담담했다.

"괜찮아, 보영아. 수고했어. 그동안 열심히 했으니까 그걸로 된 거야."

그 말에 나도 모르게 울컥 눈물이 고였다.

"아빠! 나 사실 합격했어!"

기쁨을 참지 못하고 토해내듯 고백했다.

"야, 아빠는 너 목소리 듣자마자 바로 알았어. 보영이가 해낼 줄 알았어!"

여전히 담담했던 수화기 너머 아빠의 목소리가 7년이 지난 지금도 여전히 귓가에 들리는 듯 생생하다. 내 생애 가장 기쁘고 중요한 순간이었으니까.

몇 년간의 수험생활 끝에 대학에 입학하고 기숙사 생활을 시작하며 독립하게 되자 그동안 누리지 못했던, 감당하지 못할 자유가 펼쳐졌다. 이제 착하고 공부 잘하는 모범생 이미지는 벗고 싶었다. 새벽까지 술을 마시고 해가 뜰 때가 되어서야 기숙사에 들어가는 것은 기본이었고, 대학에서 맞은 첫 생일 파티에서는 동기와 선배들이 '특별히' 제조한 생일 주를 마시고 처음으로 필름이 끊겨보기도 했다. 숙취 때문에 수업에 지각하는 것은 다반사고, 전공수업 중간고사를 치르는 날에도 지각을 했다. 이미 시험이 시작된 시간에 일어나는 바람에 세수는커녕 옷도 못 갈아입고 잠옷차림으로 강의실까지 뛰어 깨질 것 같은 머리를 붙잡고 시험을 치렀다. 그때는 그게 대학 신입생의 특권이고 한 번쯤은 해봐야 하는 일이라고 생각했다. 스스로는 대학생활을 '제대로' 즐기고 있다고 믿었다.

그리고 첫 축제를 맞았다. 축제의 'ㅊ'자만 들어도 두근두근 설레는 말. 축제. 우리 과에서는 물풍선 터뜨리기 이벤트를 준비했다. 합판에 동그란 구멍을 뚫고 웃기는 그림을 그리고 구멍 주변에 못을 박아 살짝만 닿아도 빵! 빵! 터지도록 만반의 준비를 했다.

축제 첫날 화려한 말솜씨와 특유의 친화력을 가진 과대울이를 따라 열심히 호객행위를 한 덕분에 손님이 많이 모였다. 우리에게서 물풍선을 구매한 손님들은 물을 맞을 대상으로 가장 눈에 띄는 나와 울이를 자주 뽑았다. 나는 모르는 사람에게 물세례를 맞으면서도 동기들에게 도움이 된다는 것이 기쁘고 행복해서 물을 맞으면 맞을수록 더욱 열렬히 호객행위를 했다.

동기들과 함께 준비한 이벤트가 끝나고 온몸이 물에 흠뻑 젖은 상태에서 옷을 갈아입을 새도 없이 선배들이 준비한 클럽 주점을 방문했다. 좁은 공간에 허접한 조명과 시끄러운 음악을 틀어놓은 곳에 사람들이 모여 함께 춤을 추다 보니 어느새 옷이 다 말라 있었다.

둘째 날에도 나는 열심히 축제를 즐겼다. 낮에는 물을 맞았고, 저녁에는 술을 마셨고, 새벽에는 노래방에 가서 춤을 췄고, 아침이 되어서야 기숙사에 들어가 잠깐 눈을 붙였다. 누가 성실한 사범대생 아니랄까 봐 그 누구보다 열심히 축제를 즐겼다.

그리고 어느덧 축제 마지막 날이 되었다. 그날따라 오전에 있던 강의를 듣는 내내 머리가 깨질 듯이 아팠다. 이틀 연속 달린 탓에 숙취가 한 번에 밀려오나 보다 했다. 점심도 평소와 달리 통 먹지를 못하니 같이 있던 동기가 혹시나 싶어 내 이마에 손을 얹어 보고는 깜짝 놀랐다. 그러고는 나를 황급히 기숙사로 올려 보냈다. 산꼭대기에 위치한 기숙사에 힘겹게 도착한 나는 점점 더 심하게 아파 오는 몸을 그대로 침대에 던졌고 바로 정신을 잃었다.

다시 눈을 떴을 때, 내 눈이 나의 몸을 살리기 위해 마지막으로 힘을 낸 것이라는 것을 깨달았다. 축제 마지막 날이라 기숙사는 텅텅 비어 있었다. 당연히 룸메이트도 들어오지 않았다. 열이 높으니 정신이 몽롱하고 헛소리가 나올 것 같았다. 아무라도 찾기 위해 가까스로 방을 빠져나왔다. 엘리베이터도 없는 기숙사를 4층에서 1층까지 힘겹게 난간에 몸을 의지하며 내려가고 있었는데 다행히도 순찰을 하시던 경비 아저씨가 나를 발견하고 바로 구급차를 불러주셨다. 잠깐 정신을 차렸을 때 응급실 침대 위에 있는 것 같았고 다시 정신을 잃었다. 다시 눈을 떴을 때는 엄마 얼굴이 보였다.

'병원에서 우리 집은 2시간이나 떨어져 있는데…. 집에 계셔야 할 엄마가 여기 있네.'

엄마 얼굴을 보자마자 왈칵 눈물이 나왔다.

열 감기였다. 밤낮 일교차가 컸던 봄날에, 물에 젖은 채 하루종일 술 마시며 놀고, 며칠 동안 잠도 제대로 자지 않았으니 감기에 걸릴 이유는 이미 충분했다. 응급실에서 링거 주사를 맞고 열이 내린 후 엄마와 나는 기숙사가 아닌 집으로 향했다. 택시를 타고 집으로 가는 내내 엄마는 그

동안 혼자 생활하는 딸을 염려하며 쌓아왔던 걱정을 잔소리로 승화시키셨다. 몇 달치 잔소리를 한꺼번에 듣고 있는데 이상하게도 좋았다. 고등학생 때의 나였다면 분명 짜증을 냈을 텐데. 오랜만에 듣는 엄마의 잔소리가 듣기 좋았다.

스스로 타고난 모범생 기질을 가지고 있다고 생각했던 고등학생 때 나는 부모님의 잔소리 없이도 혼자서 무엇이든 잘 해낼 수 있을 거라 착각했었다. 그래서 조언인지 잔소리인지 모를 부모님 말씀이 자주 버겁게 느껴지곤 했다. 이제는 "다 너 잘되라고 하는 소리야."라는 문장으로 끝나던 부모님의 잔소리는 정말 내가 잘되라고 하셨던 말씀이었다는 것을 안다. 스무 살, 응급실에 실려 가고 나서야 깨달았다. 열정과 객기의 뜻을 자주 혼동하던 나는 선천적으로 부모님의 잔소리가 필요한 사람이었던 거다. 나는 부모님 덕분에 그동안 모범생의 삶을 살 수 있었던 거였다.

성장에는
위험과 상처가 따른다

나는 고등학교 때까지 한 번도 남자친구가 있어 본 적이 없다. 대학교만 가면 낭만적인 사건이 생기고 설레는 일이 일어나는 줄 알았다. 나도 한 번쯤은 캠퍼스 커플을 해보겠지 했다.

그런데 실제 대학 생활은 상상했던 것과는 너무 많이 달랐다. 아무런 설레는 일도 일어나지 않았고 낭만적인 사건도 없었다. 특히 사범대학에서는 더욱 여지가 없었다. 대학 4년 내내 사범대학 4층에서만 지낸 것 같다. 대부분의 수업이 사범대학 건물에서 이뤄졌고, 1학년 때는 30명이 다 같이 강의실을 옮겨 다니는 지경이었다. 이 정도면 고등학교처럼 고정된 학급 교실을 만들어도 되겠다 싶었다. 수업에서 다른 단과대학 학생들을 만날 기회는 너무 적었으며, 공대생들과의 첫 미팅이 너무 재미없어서 충격을 받은 이후로는 절대 미팅에 나가지 않았다. '자만추'(자연스러운 만남 추구) 스타일인 나는 연애할 기회가 없어도 너무 없었다.

연애 때문만이 아니라, 내가 지금 너무 우물 안 개구리가 아닌가 싶었던 적이 많았다. 우리 과 재학생 중 중앙동아리에 가입한 학생은 다섯 손가락 안에 꼽을 만큼 극소수였고, 총학생회에서 주관하는 행사에는 관심을 거의 두지 않았다. 총학생회장 부학생회장이 어느 과 출신인지 모르는 학생이 열에 아홉은 되는 듯했다.

간혹 과에서 누군가 어학연수나 교환학생을 간다고 하면 임용고시 준비하기도 바쁜데 왜 엄한데 시간을 쓰나 싶어 다들 의아한 눈빛으로 쳐다봤다. 사실 그땐 나도 그렇게 생각했다. 한 해라도 더 빨리 임용고시에 붙는 게 최고의 사범대생 인생 루트라고 믿었기 때문이다.

사범대학 졸업생 모두가 선생님이 되지 않는다는 사실을 깨달았을 무렵, 나에게 조금 큰 우물에서 놀 기회가 찾아왔다. 3학년 때 사범대학 부학생회장을 하게 된 것이다. 그래봤자 사범대학을 벗어나지는 못했지만 그래도 이제 다른 단과대학 사람들을 만날 일이 생겼다. 지금도 '사범대학 부학생회장'이었다는 타이틀을 자랑스럽게 이야기하곤 하지만, 사실 단일 후보였기 때문에 당선이 안 되기가 더 어려웠다. 내가 부학생회장으로서 리더십이 있거나 사범대학의 비약적인 발전을 이뤄낸 것은 아니었지만, 박수정이라는 인간으로서의 성장은 있었다.

부학생회장에 당선되고 가장 먼저 한 일은 사범대학을 대표하여 리더십 캠프에 참여하는 것이었다. 장소는 설악산 근처 어느 리조트였다. 처음 보는 다른 단과대 학생회 사람들과 2박 3일 동안 함께 방을 쓰고 회의도 하고 발표도 해야 했다. 있는 듯 없는 듯 지내다 왔지만 그 3일을 버텨낸 것만으로도 나 자신이 대견했다.

나는 술집도 매번 같은 곳만 다닐 만큼 낯선 환경을 좋아하지 않는다. 익숙함이 주는 안정감을 최고의 가치로 추구하던 내가 생판 모르는 사람들 사이에 껴 있는 것은 정말 힘든 일이었다. 그런데 리더십 캠프에서 사람들을 유심히 관찰하는 것만으로도 배우는 게 많았다. 대부분 적극적이고 학생회 활동 경험이 많아서, 그들을 지켜보면서 '아, 이것이 진정 소통하는 리더의 모습이구나.' 하며 감탄하기도 했다.

더 큰 고통을 겪으며 배움을 얻은 적도 있었다. 지금도 그 생각만 하면 자다가도 벌떡 일어나 이불킥을 날리게 되는 괴로운 경험을 했다. 학생회 선거를 치를 때의 일인데, 부학생회장은 선거관리위원회의 일원이 되어 학교 전체에서 진행되는 선거를 관리하는 일을 한다. 투표는 3일 동안 치러지는데, 첫날 투표를 마치고 선거소를 정리하던 중이었다. 불현듯 투표용지 보안에 철저히 신경 쓰라고 한 말이 떠올랐다. 마침 눈 앞에 서류봉투가 보였는데, '아, 여기에 투표함에 있는 투표용지들을 넣어 밀봉하라는 의미구나'라고 생각했다. 1교시 시험을 마치고 학생들의 답안지를 걷는 것처럼 말이다. 나는 투표함에 있던 투표용지를 모두 꺼내 서류봉투에 다시 담고 입구를 잘 봉했다(!).

보안을 철저히 하라는 말은 투표함을 자물쇠로 잘 잠그고 확인하라는 뜻이었는데, 내가 투표함을 열어버린 것이다. 정말 바보 같은 실수를 저질러버렸다. 사전 교육을 제대로 받지 않은 채 선거위원으로 투입되었던 탓에 이런 사달이 난 것이다. 투표용지를 조작하는 일은 없었지만, 투표함을 열어버렸으므로 부정행위로 간주되었다. 결국 선거관리위원회의 긴급회의가 열렸고, 나는 눈물을 뚝뚝 흘리며 죄송하다는 말밖에 할 수 없었다. 결국 나 때문에 사범대 단과대학만 재투표를 진행했다. 나에겐 너무 엄청난 사건이었기에 죄송하고 후회스러운 마음이 오랫동안 무겁게 짓눌렀다. 많은 사람들을 불편하게 했다는 죄책감에 계속 눈물만 났고, 한동안 사람들을 마주할 용기도 나지 않았었다.

언젠가 〈알쓸신잡 2〉에서 뇌과학자 장동선 박사님이 한 말을 듣고 그때가 다시 떠올랐다. 가재와 같은 갑각류는 딱딱한 껍데기로 둘러싸여 있는데, 껍데기를 벗고 약한 속살을 드러내는 순간이 있다. 바로 탈피를 하는 때다. 천적들이 도사리는 위험을 무릅쓰고 탈피를 하는 이유는 더 크게 몸집을 키우기 위해서다. 갑각류는 위험을 감수하고 성장을 하는 것이다. 우리 인간도 갑각류와 같이 위험하고 상처받는 순간에 큰 성장을 할 수 있다. 여전히 흑역사로 남은, 나의 무지함이 일으킨 투표함 개봉 사건이 머릿속을 스쳐 갈 때면, 이제 갑각류의 탈피 이야기를 떠올린다.

'나는 그 아프고 힘든 상황을 통해서 신중함과 책임감을 배웠을 거야. 그런 일들이 모여 조금 더 나은 지금의 나를 만드는 거야.'

어쨌거나 이처럼 더 넓은 세상에 나갔던 경험이 지금 나에게 피가 되고 살이 되었다. 그래서 이제는 그 귀중한 20대의 시간을 사람들이 농촌 봉사활동이나 교환학생, 어학연수, 휴학 등 불확실하고 낯선 일들에 도전하는 데 할애하는 이유를 이해한다. 그것을 대학생활이 거의 다 지나가고서야 알게 된 것이 너무나 아쉬울 뿐이었다. 만약 내가 다시 대학교 1, 2학년으로 돌아간다면 반드시 사범대학 울타리를 벗어나 보고 싶다. 선생님이 될 거라는 굳건한 의지가 있어도 말이다. 아이들도 이른 나이에 임용고시에 합격한 선생님보다는 더 넓은 세상을 만나고 온 선생님을 더 좋아하지 않을까?

고등학교 4학년

보영

　과학교육과 신입생의 정원은 30명이다. 1학년들은 전공을 선택하기 전 물리학, 화학, 생명과학, 지구과학 과목 앞에 '일반'이라는 이름이 붙은 강의를 전공에 상관없이 필수로 수강해야 한다. 즉 30명의 과학교육과 학생들이 일주일 내내 거의 모든 수업을 함께 듣게 되는 것이다. 매일 동기들과 같은 시간표대로 수업을 들으니 여기가 대학교가 아니라 고등학교인 것만 같았다.

　전공과목으로 가득 차 있는 신입생의 시간표에 의하면 유일하게 다른 학과 학생들을 만날 수 있는 강의라고는 교육학 강의와 일반 교양강의뿐이었다. 그마저도 교육학 강의 정원 50명 중 10명은 우리 학과 동기들이었고 나머지 40명 역시 사범대학 건물에서 오가며 보았던 수학교육과,

특수교육과, 한문교육과, 체육교육과 등 사범대학 학생들이었다. 익숙한 사람들과 함께 강의를 듣고 과제를 했기 때문에 낯선 분위기에 적응해야 하는 스트레스가 없긴 했다. 대체로 조별 과제가 순조롭게 잘 진행되어서 좋은 점도 있었다.

그렇기 때문에 다른 학교를 다니고 있는 고등학교 동창들이 단톡방에서 쏟아내는 '조별과제 잔혹사'를 들을 때면 대학생활과 인간관계에서 오는 스트레스가 전혀 짐작이 가지 않았다. 사범대학 학생들은 대체로 예비 교사라는 사명감에 특별한 책임감과 친절함을 갖추고 있었기 때문이다.

하지만 고등학생 때 상상했던 대학생활은 이런 익숙함과 순탄함과는 거리가 멀었다. 조별과제를 하기 위해 처음 만난 경영학과 선배와 손가락 발가락이 다 오그라들 정도로 설레며 달콤한 썸 타기, 공대 강의실까지 수업을 들으러 급히 뛰어가다가 어깨를 부딪친 공대생과 짧지만 뜨거운 눈빛 교환하기, 시험기간에 도서관에서 공부하다가 잠시 자리를 비운 사이에 시크릿 러버로부터 쪽지와 캔커피 선물 받기, 뭔가 이런 낭만적인 일들이 가득할 줄 알았다. 하지만 사범대학 1학년 1학기 수업에서는 그 흔한 일반교양 수업조차도 들을 수 없었다. 신입생 첫 학기 내내 수업, 과제, 시험으로 전쟁을 치르며 동기와 끈끈한 전우애만 쌓아갔다.

　2학기가 되어, 일반교양 강의를 들을 수 있는 시간이 생겼다. 친한 동기 몇몇과 함께 '대중문화 속 과학 콘서트'라는 교양 수업을 신청했다. 막상 일반교양 수업을 들을 수 있게 되니 다른 과 학생과 학점 경쟁을 해야 한다는 것이 걱정됐다. 그나마 우리의 강점을 살려 학점을 잘 받을 수 있는 강의를 찾았다. 마침 우리 학과 교수님이 강의하는 과학과 교양 수업이 있었던 것이다. (진짜 왜 그랬는지 너무 후회된다.) 교수님은 방금 전 전공 수업에서 봤던 학생들을 인문대학 강의실에서 또다시 보게 되자 반가워하시기는커녕 굉장히 난감해하셨다. 그러고는 공평한 수업을 위해 과학교육과 전공생인 우리를 모두 다른 조로 찢어 놓으셨다. 과학과 관련된 강의이다 보니 우리에게 유리한 것이 사실이긴 했다.

　처음으로 다른 단과대 학생과 함께 과제를 한다니! '드디어 내가 진짜 대학생이 되었구나.' 하고 속으로 소리쳤다. 내가 속한 조는 나와 제일 친한 동기 상희, 뮤지컬학과 복학생 08학번 오빠, 첫 만남조차 기억이 나지 않을 정도로 존재가 희미한 12학번 국악과 언니 그리고 13학번 영문학과 남학생까지 총 5명이었다. 첫 회의부터 뮤지컬학과 오빠는 경험과 나이가 많다는 이유로 회의를 진두지휘했고 그 모습이 리더십 있다고 느꼈던 상희와 나는 고개를 연신 끄덕이며 모든 일을 오빠의 결정에 따랐다. 뮤지컬 전공인 본인이 발표에 자신이 있으니 발표를 맡고, 나머지 4명이 자료 조사와 발표 자료를 만들라는 이야기였다. 발표를 자신이 하겠다는 말이 "발표가 제일 어렵고 다들 하기 싫어할 것이 분명하니 내가 해줄게."라는 말로 들렸다. 우리를 위해 '희생'해준 오빠가 고마웠다. 물론 이제는 그게 무슨 수작인지 다 안다. "난 발표만 하고 아무것도 안 한다. 나머지는 니들이 다 알아서 해."라는 뜻임을. 너무나도 순진했던 스무 살의 나는 그렇게 조별과제 지옥에 빠졌다.

　두 번째 회의, 뮤지컬학과 오빠는 졸업 준비로 바쁘다는 이유와 어차피 자신은 발표를 담당하고 있다는 이유로 회의 자리에 나타나지 않았다. 12학번 국악과 언니는 연락이 두절되고 말았다. 그렇게 병아리 같은 13학번 신입생 3명만 덩그러니 남아서 과제를 위해 다시 역할 분담을 했다. 아무래도 과학과 전공이니 상희와 내가 자료 조사를 맡고, 영문학과 친구가 발표 자료를 만드는 것으로 결론이 났다. 그렇게 자료 조사를 모두 끝내고 만난 세 번째 회의, 역시나 뮤지컬학과 오빠와 국악과 언니는 나타나지 않았다. 우리 13학번 병아리 3명은 연락조차 되지 않았던 국악과 언니의 이름을 빼기로 결정을 내렸다. 우리답지 않은 과감한 결정이었지만 그 선택만큼 현명한 선택도 없었다.

상희와 나는 영문학과 친구가 만들어온 PPT 자료를 보고 서로 눈을 마주쳤다. 네 개의 눈동자는 짧은 시간 동안 '이게 뭐야? 젠장. 우리가 다시 만들어야겠네.'라는 대화를 나눴고, 24시간 운영하는 학교 앞 패스트푸드점으로 자리를 옮겨 늦은 시간까지 발표 자료를 수정해야 했다.

발표를 앞두고 발표를 담당하기로 한 08학번 오빠에게 수없이 연락하여 발표 리허설을 확인하려고 했지만 미꾸라지 같이 빠져나가는 바람에 결국 제대로 발표 준비를 했는지 확인하지 못한 채 그날을 맞고 말았다. 발표 당일. 가까스로 수업 1시간 전에 모두 모였는데 엉터리 발표를 보고 '망했다' 하며 두 눈을 질끈 감아버렸다. 정작 발표자는 "프로는 실전에 강한 거야."라는 말인지 방귀인지 모를 소리를 해대며 당당하기만 했다. 어느 순간부터 모습을 감춘 국악과 언니를 제외한 모든 조원이 강의실 앞으로 나와 우리의 과제를 엉터리로 발표하고 있는 오빠의 뒷모습을 보면서 한숨만 푹푹 내쉬었다.

오빠는 정말 말을 잘하기 했다. 말 그대로 '말'을 잘했다. 우리가 준비한 'ABO식 혈액형과 항원'이라는 주제와 전혀 동떨어진 말들뿐이라는 게 문제였다. 어쩌면 내용을 잘 모르는 학생이 오빠의 발표를 보았다면 정말 발표를 잘한다며 감탄했을지도 모른다. 하지만 교수님은 호락호락한 분이 아니었다. 발표를 마치고 조만간 삼겹살에 소주

한잔하자던 오빠는 결국 과제 이후 강의실에 나타나지 않았다. 그리고 밤을 새워가며 자료 조사를 하고 발표 자료까지 만들었던 13학번 병아리들은 노력에 비해 너무나도 짜디짠 B+ 학점을 받아야만 했다.

학과 동기들 혹은 선배들과 조별 과제를 하면서도 물론 의견이 맞지 않을 때가 있었다. 성실하지 않은 조원을 만날 때면 기간 내에 할당 분량을 제대로 해낼 수 있을까 걱정하며 속을 썩기도 하고, 말이 통하지 않는 고집불통의 조원을 만날 때면 '또라이 보존 법칙'을 곱씹으며 '이번 과제만 내가 참자.' 하며 강제 마음 수련을 해야만 했다. 하지만 다른 단과대 학생들과 조별 과제를 해보니 사범대 또라이는 또라이도 아니었다. 그리고 다시는 호구가 되지 않기 위해 2학년, 3학년, 4학년까지 일반교양은 늘 친한 동기들과 함께 수업을 들었고 과제 역시 동기들끼리 '만' 했다.

낯선 낭만을 꿈꾸던 고등학교 4학년은 결국 자의로 고등학교 5학년, 6학년, 7학년의 삶을 택하고 말았다. 낯선 것은 낭만보다는 낭패일 확률이 크다는 것을 알게 되었기 때문에.

재미있는
선생님이 되고 싶어

수정

　미래에 임용고시라는, 얼마나 긴 어둠의 터널을 지나게 될지 전혀 모른 채 대학교 1학년이 순식간에 지나갔다. 신입생은 대부분 과 행사의 주인공이기 때문에 나는 한 해 내내 '장기자랑 기계' 혹은 '술 장독대'로 살았다. 2학년이 되어 후배들이 들어오자 부모님 돈으로 있는 척하며 밥도 열심히 사주고 술도 강요하지 않는 멋진 선배 노릇을 해보았다. 하지만 그것도 잠시, 2학년이 되면 과학교육과의 세부 전공을 정하는 중요한 순간이 찾아온다.

　1학년 때는 일반 생물학, 일반 화학, 일반 물리학 등을 배우며 자신에게 맞는 전공을 탐색해야 한다. 여러 선택지를 놓고 고민하는 동기들과 달리 나는 입학 때부터 생물 전공을 이미 마음 먹고 있었다.

사실 그 결정은 고등학생 때 내린 것이었다. 고등학교 생물 선생님이 여느 스타 강사 못지않게 재밌고 쉽게 수업을 해주셨는데 그 덕분에 나는 생물의 매력에 빠졌다. 그래도 전공 선택의 기회가 있으니 살짝 고민을 해볼까 했지만, 첫 중간고사에서 일반 물리학과 일반 화학의 성적을 확인하고선 이건 여부가 없는 문제라는 걸 확신했다.

　　화학은 별로 좋아하지 않았던 과목인데, 결정적으로 싫어진 계기는 바로 오비탈[orbital. 궤도함수. 원자(또는 분자 등)에 귀속된 전자 혹은 전자쌍의 상태를 양자역학을 이용해 나타낸 파동함수]의 등장이었다. 설명을 여러 번 들어도 도무지 무슨 말인지 이해가 되지 않아 속만 부글거렸다. 대학 수업을 들어도 역시나 상황은 나아지지 않았다. 교수님은 아마 나같이 오비탈을 제대로 이해하지 못한 학생이 과학교육과에 왔으리라고 생각하지 못하셨나 보다. 강의마다 제대로 이해하지 못했고, '이따 집에 가서 복습해봐야지.' 하던 다짐도 며칠을 가지 못했다. 졸업한 지 몇 년이 지났는데 아직도 동기들은 나의 1학년 일반 화학 점수를 갖고 놀린다.

　　물리는 화학보다는 좋아했지만 물리를 좋아하는 동기들은 거의 덕후 수준이었다. 나처럼 어중간하게 '재밌네?'라는 가벼운 마음으로 선택했다가는 3년 내내 꼴찌만 하다가 졸업할 것이 뻔했다.

결국 처음 결심대로 생물 전공을 선택했다. 7년째 생물을 공부하며 지겨운 마음도 들어서 '다른 전공할걸 그랬나?'라고 상상해보곤 하지만, 화학을 전공한 보영이나 물리를 전공한 보리의 전공책을 슬쩍 들여다보고는 '내가 미친 상상을 했구나.' 하고 황급히 고개를 저었다.

우리는 재미 삼아, MBTI(성격유형지표)처럼 과학교육과 학부생들을 전공과목으로 분류하여 재밌는 공통점을 찾고 놀았다.

화학 전공 사람들은 예민하거나 꼼꼼한 편이다. 물리나 생물을 전공하면 2학년 때부턴 실험을 할 일이 거의 없지만, 화학을 전공하는 동기들은 실험실 가운을 졸업할 때까지 버리지 못했다. 무슨 실험을 맨날 하는지 과학실험실이 있는 사범대 1층에서 화학 전공 학부생들을 자주 마주쳤다. 보영이에게 물어보니 중고등학생 때 하던 확인 실험처럼 대충하는 실험이 아니라 오차를 0.001까지 줄여서 결과를 확인해야 하는 실험이라고 했다. 이렇게 조금의 오차도 허용하지 않는 화학 실험뿐만 아니라 그림인지 수학인지 정체를 알 수 없는 화학 문제들을 공학용 계산기로 열심히 뚜들기고 있는 모습 또한 영락없이 예민한 과학자 포스였다.

물리 전공 학부생들은 대개 '과학 천재' 같은 느낌이 있다. 이성적이고 계산적이며 어쩌다 과학 소재 이야기가 나오면 빠지지 않고 본인이 가진 지식과 의견을 뽐낸다. 과실에서 고등학교 수학 문제를 풀 듯 노트 가운데를 반으로 선을 그어 반듯하게 문제를 풀고 있는 사람이 있다면 그 사람은 물리 전공일 확률이 높다. 그리고 동기 중에서 가장 큰 목소리를 내며 리더십이 있는 사람들도 모두 전공이 물리였다.

생물을 전공하는 나와 동기들은 주로 '성실한 이미지'라는 말을 많이 들었다. 다른 전공도 공부할 양이 많긴 하지만 생물은 대강 11가지(생화학, 세포학, 분자생물학, 유전학, 미생물학, 분류학, 동물생리학, 면역학, 발생학, 식물학, 생태학) 과목을 공부해야 한다. 그 어마어마한 양을 공부해야 해서 그런 이미지가 생긴 것 같다. 난이도보다는 양으로 승부하는 느낌이 있다. 물론 나는 성실한 학부생은 아니었지만 여러 가지 전공책을 펼치고 있는 모습만으로도 친구들은 대단하다고 말해주었다.

방대한 양의 임용고시 시험 범위 때문에 가끔 욕이 나올 만큼 짜증이 나긴 해도 생물은 참 매력적인 과목이다. 공부한 내용을 바로 적용시킬 수 있는 예시를 우리 주변에서 쉽게 찾을 수 있기도 하다. 예를 들어 동물생리학에서 여러 가지 호르몬의 작용에 대해 공부한 뒤 가까운 지인이나 연예인이 앓고 있는 호르몬 관련 질병에 대해 알아볼 수 있다. 뿐만 아니라 내가 몸에 기력이 없어 혹시 갑상

선 호르몬에 문제가 생긴 것은 아닌가 걱정이 되어 혈액검사를 한 뒤에는 해당 호르몬에 대한 의사 선생님의 소견을 정확히 알아들을 수도 있었다. 생명과학은 이처럼 우리가 배워야 할 필요성을 다분히 느끼게 해주는 순간이 많기 때문에 학생들의 학습 동기 유발을 재밌고 다양한 방법으로 촉진시켜줄 수 있다.

하지만 이로 인해 생기는 골치 아픈 일도 있다. 전공과목이 나뉜 후에는 동기들끼리 서로 모르는 내용을 물어보곤 했는데, 길가에 핀 이름 모를 꽃이 궁금할 때나 갑자기 흰머리가 나는 이유가 궁금해질 때, 생리통이 심할 때 등과 같이 일상생활의 궁금증을 모조리 생물 전공인 우리에게 가져와 난처하게 만들었다. 처음엔 전공 서적을 열심히 찾아보며 대답을 해주다가 이제는 질문이 끝나기 전에 소리친다.

"수정아, 저 꽃 이름이 뭐…"

"아, 나는 식물분류학자가 아니라고!"

합격 기원
임고 응원

수정

    임용고시는 11월 말이나 12월 초, 추운 겨울날 치러진다. 내가 시험을 봤던 어떤 날은 동화처럼 함박눈이 펑펑 예쁘게 내려, 시험 중에 자꾸 고사장 창문 밖을 쳐다보았고, 어떤 날은 비명이 나올 정도로 추워 고사장까지 가는 길이 너무 괴로웠다. 임용고시를 준비하는 지난 몇 년간, 긴 여름이 지나고 서늘한 바람이 피부에 닿을 때면 시험날의 기억이 떠올라 긴장이 되었다. 어렸을 때는 길거리에 캐럴이 울려 퍼지는 크리스마스가 있어서 겨울을 가장 좋아했는데, 임용고시 n수생이 되고 나서부터는 찬 바람이 불면 두려움이 먼저 느껴져서 겨울이 반갑지만은 않게 되었다.

    임용고사장의 향기를 처음 느낀 것은 1학년 때였다. 우

나는 임고생이고

리 학과는 1학년이, 경기와 서울 지역의 임용고시가 치러지는 고사장 앞에서 선배들을 응원하는 문화가 있었다. 임용고시가 몇 교시로 이뤄져 있는지도 모르고, 4학년 선배 얼굴도 다 알지 못하는 우리는 교문에서 언 발을 동동 구르며 입실 시간이 어서 끝나기만을 기다렸다. 나는 서울 지역 고사장으로 응원을 가게 되었는데, 집이 경기도라 혹시 늦잠을 잘까 봐 방배동에서 자취하는 동기의 집에서 잤다. 막차 끊길 걱정 없이 친구와 노느라 마냥 즐거웠다. 맛집에서 맛있는 거 먹고 서울에만 있을 법한 커다란 초콜릿 전문 카페에서 늦게까지 시간을 보냈다. 그래도 집에 들어가기 아쉬워 그날의 추억을 스티커 사진으로 남기기도 했다. 하지만 그 행복은 오래가지 못했다.

2013년 겨울, 임용고시 시험 날은 엄청난 한파로 얼굴이 찢어질 듯 바람이 매섭게 불었다. 20년 인생 최고의 추위라고 생각했다. 혹시 시험장에 일찍 온 선배를 놓칠까 봐 이른 시간부터 나와 있던 탓에 열심히 핫팩을 흔들고 추위와 싸우며 하염없이 선배를 기다렸다.

임용고시도 일종의 공무원 시험인데, 여느 공무원 시험 고사장과는 풍경이 다르다. 지방직 공무원, 국가직 공무원, 경찰공무원 시험 본다고 누가 이렇게 고사장 교문에서 응원하지 않는다. 그만큼 사범대학의 연대가 강하다는 뜻인지도 모르겠다. 내가 본 고사장이라고는 수능시험장이 전부인데 부모님 배웅이 아니라 후배 응원을 받으며, 책가방이 아닌 큰 숄더백을 메고 시험장에 들어가는 사람들을 보니 '어른들의 시험'이라는 느낌이 들었다.

우리는 직접 만든 플래카드를 들고 우리 학교 졸업생과 4학년 선배들을 애타게 찾았다. 어렴풋이 얼굴을 아는 4학년 선배가 보이면 우리끼리 "맞나? 아닌가?" 회의를 하다가 후다닥 달려가 준비한 선물을 전해드렸다.

선배들은 우리를 발견하면 먼저 반갑게 다가오지는 않았다. 데면데면한 태도가 내심 섭섭하기도 했지만 내가 4학년이 되어 시험장에 직접 들어가는 입장이 되어 보니 비로소 그 마음이 이해가 됐다. 1년에 한 번만 치러지는 시험이라 긴장감이 너무 커서, 손발 꽁꽁 어는 줄도 모르고 바깥에서 응원하고 있는 후배들을 보고도 미소가 지어지지 않고 다정한 말도 나오지 않았다. 특히 임용고시는 초수 합격이 어려워 4학년 때는 '시험 삼아 보는 시험'이라고 불릴 만큼 준비가 충분히 되지 않은 채로 시험을 보는 경우가 많다. 신입생들의 선물이 "올해 꼭 합격하세요!"라고 말하고 있는 것 같아 부담스러웠다. 1학년 때는 선배들의 그런 마음을 알 턱이 없으니 간식 선물과 큰 목소리의 응원이 힘이 될 거라고 생각했다. 전통적으로 해온 일이기도 하고.

어쨌거나 제발 입실시간이 빨리 끝나길 기다리며 서 있

는데, 이러다 발가락이 똑 하고 부러지는 건 아닐까 싶을 정도로 얼다 못해 감각이 마비되는 게 느껴졌다. 동기들이 서로 자리를 바꿔 바람을 가려준 덕에 다행히 동상에 걸리지 않고 임용고시 응원을 잘 마쳤다. 다음 해 신입생들이 임용고시 응원을 나갈 때가 되자, 나는 후배들에게 작년의 매서운 추위 속에서 죽다 살아난 경험을 영웅담처럼 말해주며 꼭 핫팩 많이 가져가고 목도리, 장갑, 모자도 다 챙겨가라고 신신당부를 했다.

다행히 내가 졸업을 하기 전에 학부생 대부분의 동의로 1학년의 임용고시 응원 문화는 사라졌다. 이제 나의 입고 응원 이야기가 "라떼는 말이야~"가 되어 추억으로 남았다. 취지는 좋지만 목적이 전달되지 않고 모두가 힘들었던 문화가 개선되어 동문으로서 자랑스럽기도 하고, 임용고시 장수생으로서 한참 어린 후배를 시험장에서 마주치지 않아도 된다는 안도감이 들었다.

시간이 쏜살같이 흘러 또 겨울이 오면 차가운 공기가 나의 간담을 서늘하게 할 것이다. 올해는 이 매서운 겨울과 맞서 싸워 승리를 거둘 수 있기를…. 내가 다시 겨울을 사랑할 수 있도록.

임용고시를 대하는
사범대생의 자세

수정

　세월이 지나가는 속도는 '나이'에 비례하여 증가한다고 하는데, 그 말이 정말 맞는 것 같다. 스물여섯에 익숙해지기도 전에 나는 스물일곱이 되어 있었다. 누군가 나이를 물어보면 계산하느라 2초쯤 머뭇거린다. 나이는 절대적인 숫자로 표현될 수밖에 없지만, 젊음은 상대적이라는 말이 위로가 된다.

　나에게는 스물일곱이라는 나이가 버거운데 기간제로 일했던 학교의 교무실에서는 늘 '젊은 선생님'으로 불렸다. '맘스터치'의 가장 맛있는 메뉴를 물어보거나 '오덕후'의 뜻이 궁금할 때, 나를 찾으셨다. 학교 다닐 때는 최연장자였는데 오랜만에 막내가 되니 기분이 좋긴 했다.

　사회에서 아직 젊은이 취급을 받는 것은 좋지만, 나는

더 젊었던 내가 그립다. 졸업 후 임용고시를 준비하는 동안 대학생들을 보면 무의식 중에 '대학생 되고 싶다'는 말이 튀어나왔다.

　대학생활 4년을 돌아보면 노잼이었지만 그래도 그 풋풋했던 시절이 그립다. 1학년 때는 고등학생 티를 벗지 못했고 선생님이 되는 일은 머나먼 이야기같이 느껴졌다.

　2학년이 되면 이제 대학교 물 좀 먹어서 여유가 생긴다. 학과 행사를 참여만 하는 게 아니라 계획하고 운영하기도 한다. 후배가 생겼다는 우쭐함과 아직 임용고시는 준비하기 이르다는 안도감에 마음껏 학교에서 놀았다.

　임용고시에는 대학교 학점이 반영되지 않기 때문에 학점 따위 신경 쓰지 않고, 교수님에게 죄송하지 않을 정도로만 공부해 시험을 쳤다. 지금 다시 2학년으로 돌아가더라도 임용고시 공부는 절대 하지 않을 것 같다. '왜 더 밤새워 놀지 못했을까? 그때 클럽 한번 가볼걸'하며 더 뜨겁게 불태우지 못한 청춘에 대해 가끔 후회한다.

　사범대 4학년은 교생실습을 나가거나 도서관에서 거의 살기 때문에 사범대학 건물에서는 3학년이 고학년으로 취급받는다. 조심스러웠던 1학년 때와 달리 과실에 들어갈 때 콧노래를 부르며 들어갈 수 있는 단계가 된다. 그리고 이때부터 슬슬 공부를 하기 시작한다. 임용고시가 드디어 나의 일이구나 체감이 되며 불안감이 엄습해 오기 때문이다. 하지만 2년 정도 연필을 놓아서 그런지 공부를 시작하는 일이 굉장히 힘들었다. 3학년 때 유행어가 "야, 나 공부하는 법 까먹었어."였다.

대학에 들어온 후 수험생처럼 공부하지는 않았기 때문에 1~2년간은 편하게 살았다. 3학년 때는 전공 수업을 공과대학이나 자연대학 학부생과 함께 들었는데, 그들 앞에서 사범대 망신 주기 싫어 공부하는 방법을 떠올리며 나름 최선을 다했다. 나는 3학년이 끝나가는 겨울부터 임용고시 공부를 시작했다. 생물 전공인 동기들과 모여 인터넷 강의를 들었는데, 너무 어렵고 낯선 내용이라 함께 듣지 않았으면 진작 포기했을지도 모르겠다.

4학년이 되고서는 아무래도 학교 행사에는 관심이 없어졌다. 이름을 아는 신입생은 3명도 되지 않았다. 몸에 걸리적거리는 액세서리들은 치워버리고 지금 당장 누워도 불편함 없을 것 같은 후줄근한 추리닝에 삼선 슬리퍼를 끌고 좀비처럼 학교에 다녔다. 동선은 사범대학 건물, 도서관, 식당 등 학교 반경 1km를 벗어나지 않았다. 그나마 생기를 불어넣어주는 일은 교생실습이었다. 4~5월에 잠깐 금수 같은 모습에서 반짝반짝 빛나는 모습으로 환골탈태하는 시기가 온다. 그 기간에 미뤄왔던 약속을 잡으며 정상적인 모습으로 학교를 벗어나 놀러 다녔다. 귀엽게 꾸

나는 임고생이고

민 신입생들을 보면 부러우면서도 '쟤네는 어느 세월에 4학년 돼서 임용고시 보고 선생님 되냐?'라는 생각에 내가 다 피곤해지곤 했다. 고시생 같은 생활을 하느라 많이 지쳐 있던 때였기 때문이다.

임용고시를 준비하는 동안 대학 시절이 많이 그리웠다. 남들이 보기에 특별한 것 하나 없지만 혼자 외로이 공부하는 것보다 선생님이라는 같은 목표를 가진 친구들과 함께 보냈던 그 시간이 나에겐 너무나 소중했다. 대학 시절 중 아무 때라도 돌아갈 수 있다면 이제는 모이기 어려운 스물아홉 명의 동기들을 다 함께 만나 학교 앞 삼겹살집에서 왁자하게 수다 떨며 즐거운 시간을 보내고 싶다.

내가 선생님이 될
자격이 있을까

보영

선생님이라는 직업을 처음 알게 된 그 순간부터 내 꿈은 늘 선생님이었다. 더 큰 꿈을 꿔보라는 담임 선생님의 말씀에 당시 대한민국 최초의 우주 비행 참가자, 이소연 과학자를 동경하며 생활기록부 장래희망에 '항공우주연구원'이라고 적었던 그때에도 내 마음은 여전히 선생님이 되고 싶어했다. 그래서 내가 선생님이 되는 것은 너무나도 당연한 일이었다. 그건 나도 알고, 친구도 알고, 부모님도 알고, 나와 친한 사람이라면 모두 알았다. 나는 친구들에게 내가 아는 것을 설명하는 일을 좋아했고 잘했다. 고등학교 3학년, 대학 원서를 써야 할 때, 공부를 아무리 잘하더라도 하고 싶은 것과 잘하는 것이 일치하지 않아 섣불리 원서를 쓰지 못하던 친구들을 보며 나는 정말 다행이라고 생각했다. 나는 하고 싶은 일을 잘하기도 했으니까.

　나는 물리학, 화학, 생명과학, 지구과학 중 지구과학을 가장 좋아했지만 내가 다니는 대학교에는 지구과학 전공이 없었다. 지구과학 전공 교육과정에는 천체 망원경이나 천문대 같은 도구와 시설이 필수적인데, 이를 구매하고 유지하는 비용이 어마어마하기 때문에 대개 국립대학교의 사범대학교에 지구과학 커리큘럼이 갖춰져 있다.

　그래서 차선책으로 화학 전공을 선택했고, 세부 전공을 택하게 되면서 더 이상 사범대학에서 전공 수업을 들을 일이 없어졌다. 시간표의 70%가 전공 수업이었는데 그때 자연대학 학생들과 함께 수업을 들으며 제법 충격적인 일들을 겪어야 했다.

　나는 평생 모범생으로 살았다. 교과서 위주로 공부하며, 선생님이 시키면 어떤 대회든 성실하게 참여했고 1등을 놓치지 않았다. 나와 비슷한 모범생들이 모여 있는 사범대학에 입학한 후에도 내가 자신 없어하는 몇 과목을 제외하고는 성적이 A나 A＋였다. 하지만 2학년이 되고 자연대학에서 전공 수업을 들으며 난생처음 30점대 점수를 받았다. 물론 100점 만점이었다. '도대체 어떻게 내가 이런 점수를 받을 수 있는 거지?'라며 자괴감에 빠졌고, 자신감도 사라졌다. 그러나 좌절감도 익숙해지는지 30점대 점수는 금방 20점대로, 10점대로, 급기야 8점이라는 한 자릿수까지 떨어지고 말았다. 고등학교 때까지 1, 2등을 했는데, 뒤에서 1, 2등을 하게 되니 무력감이 들었다.

성적이 그렇게 떨어지는 동안 내가 노력을 안 한 게 아니다. 방학 동안에는 동기들과 스터디도 하고, 시험 기간에는 하루에 16시간씩 공부했다. 부족하다고 느껴지는 만큼 더 노력했다. 그런데 성적이 더, 더, 더 이상 떨어질 수 없을 만큼 떨어진 것이었다. 태어나서 처음으로 노력해도 되지 않는 일이 있다는 걸 경험했다. 그렇게 취업 고민이 시작되는 시기에 나는 정말 선생님이 될 자격이 있는지에 대해 고민하게 되었다.

사범대학의 정식 커리큘럼을 차례로 밟아 졸업하게 되면 졸업과 동시에 중등학교 2급 정교사 자격증을 얻는다. 2급 자격증이 있으면 국공립 및 사립학교에서 기간제 교사로 일할 수 있다. 그리고 2급 자격증이 있는 사람은 중등학교교사 임용후보자 선정경쟁시험, 즉 임용고시를 볼 수 있는 자격이 주어지고 그 시험에서 합격하게 되면 1급 정교사 자격증을 취득할 수 있다. 그리고 1급 정교사 자격증이 있으면 국공립학교 및 사립학교의 정교사가 될 수 있는 자격을 얻게 된다. 내가 당연히 되어야 한다고 생각했던 선생님의 모습은 중등학교 1급 정교사 자격증이 있는 선생님이었다. 국공립학교의 정교사.

'중등학교교사 임용후보자 선정경쟁시험'은 1차와 2차로 나누어지는데 1차에서 전공과목과 교육학 시험을 치른다. 그리고 1차 시험에 합격한 사람에 한하여 수업실연, 면접, 집단토의, 실험 등 시도별, 과목별로 다르게 행해지는 2차 시험을 치르게 된다. 11월 마지막 주 토요일, 기회는 1년에 한 번밖에 주어지지 않기 때문에 한 번의 시험에서 수많은 사람들과 경쟁해야 한다.

　전공시험에서도 이렇게 쩔쩔매는데 그 어려운 시험을 내가 과연 합격할 수 있을까? 한 번도 시험을 두려워한 적 없었지만 지금은 두려웠고 평생 선생님이라는 길만 보며 걸어왔는데 다른 길을 보아야 하는 것 아닌지 고민을 하기 시작했다.

　"오르지 못할 나무는 쳐다보지도 마라." 이런 답답한 속담까지 떠올랐다. 내가 바라보고 있던 나무가 나에겐 너무 높은 나무는 아니었을까? 나는 '차선책'이라는 구실로 나무만 바라보고 있던 내 두 눈을 점점 손으로 가려야만 했다. '오르지 못할 나무는 쳐다보면 절대 안 돼.'라고 생각하며 선생님은 되지 않기로 했다.

첫 교생실습

수정

4학년이 되면 곧 임용고시 준비에 들어가야 한다. 그래서 두렵고 불안해지지만 기다려지는 이유가 하나 있는데 바로 교생실습이다. 벚꽃이 피고 따뜻한 공기가 세상을 감싸는 봄이 오면 교생실습이 시작된다. 본인이 가는 학교에 따라 4월 또는 5월에 약 4주간의 꿈같은 시간이 펼쳐진다. 사범대학에 입학한 사람들은 대부분 '선생님'이라는 확실한 목표를 가지고 있기 때문에 교생실습은 그 꿈을 잠시나마 이루는 행복한 시간이라고 할 수 있다. 그 기간이 되면 공부하기 바빠 퀭한 모습으로 학교를 누비던 4학년들은 화사하고 단정한 차림에 생기 가득한 얼굴로 변신한다.

선배들에게 교생 이야기를 들을 때마다 학생들의 관심과 인기를 한껏 받을 수 있다는 기대감에 교생실습을 가기 몇 달 전부터 마음이 들뜨고 두근거렸다. 예쁘게 보이고 싶어서 저녁엔 고구마와 과일만 먹으며 다이어트도 하고, 없는 돈을 모아 샤랄라한 원피스도 준비했다.

나는 모교로 교생실습을 가고 싶었지만, 너무 멀어서 포기해야만 했다. 대신 대학교와 협력 관계에 있던 분당의 한 사립고등학교로 출근을 하게 되었다. 물리를 전공하는 동기와 함께 배정되어 다행이었다. 모교에서 교생실습 하지 못해 아쉬웠는데 그래도 외롭지 않게 출근할 수 있게 되었다. 그렇게 봄의 끝자락인 5월, 우리 말고도 그 학교 출신 교생 5명과 함께 4주간의 짧고도 긴 교생실습이 시작되었다.

교생실습을 가면 교생 기간 동안 지도해줄 담당 선생님과 담당 학급이 배정된다. 나는 1학년 여학생반을 맡았다. 실습 첫날, 교실 앞문으로 들어서는데 너무나 떨린 나머지 눈 밑이 파르르 떨렸다. 너무 떨려서 아이들이 다 보았을 것 같았다. 긴장하는 모습을 아이들에게 들켜 부끄러웠지만 별 탈 없이 인사를 마쳤다. 내가 담당한 반 아이들은 굉장히 조용하고 얌전했다. 담임선생님이 학급 운영에서 가장 중요시했던 것이 학습 분위기 조성이었기 때문에 쉬는 시간에도 공부하는 학생이 많았다. 첫인사를 한 지 며칠 되지 않아 바로 체육대회가 열렸다.

아이들과 가까워지지 못한 상태라 체육대회날 하루가

일주일처럼 길게 느껴졌다. 말을 걸어도 벽이 느껴지는 아이들 옆에서 친한 척 앉아 있는 것도 뻘쭘했고, 아이들이 단체로 시합에 나갈 때면 혼자 앉아 있기 민망해 '나도 따라가서 사진이라도 찍어줘야 하나.' 고민이 되었다. 반면 같이 교생실습을 하는 동기는 행복해 보였다. 친화력과 대담함으로 반 아이들과 벌써 가까워진 것 같았다. 운동장을 바라보며 아이들과 재밌게 떠들기도 하고, 시합에 나갈 때면 함께 운동장에 나가 곁에서 응원해주었다.

그런 모습을 보니 부럽기도 하고 얼른 아이들과 친해져야 한다는 조급함이 생겼다. 체육대회 후로 반 아이들과 빨리 친해지고 싶은 마음에 조종례 시간이나 청소 시간을 틈타 교실에서 어슬렁거리기도했다. 하지만 먼저 말 걸어주는 학생은 거의 없었고 내가 먼저 말을 붙여봐도 대화는 길게 이어지지 않았다. 고등학교 1학년 여학생들의 마음의 문을 여는 것은 생각보다 어려운 일이었다. 선생님이 되고 싶었다고 해도 단번에 아이들의 마음을 열게 하는 기술이 있었던 건 아니다. 소심한 선생님도 있을 터. 게다가 나는 첫 교생실습이지만 아이들은 이미 몇 번 교생 선생님을 겪었을 것이다. 나는 설레는 일이었지만 아이들에게는 내가 두 번째, 세 번째 교생이었다면….

2주차에 접어들자 선생님들의 수업을 참관하면서 다른 반 학생들을 많이 만날 수 있었다. 아이들은 교실 뒤에 나란히 서 있는 교생 선생님들을 힐끗힐끗 쳐다보긴 했지만 별로 관심을 갖지 않았다. 선배들이 해주었던 인기 많은 교생 이야기는 여기에선 적용되지 않았다. 3주차에 들어서자 수업을 직접 할 기회가 주어졌다. 여러 반을 수업해 보니 같은 내용의 수업이라도 아이들과 합이 잘 맞는 반도 있고, 나까지 잠이 몰려올 정도로 지루하고 반응이 없는 반도 있었다. 고등학생 때 발표도 잘 안 하고 무기력했던 우리 반이 떠올라 문득 학창 시절 선생님들께 죄송한 마음이 들었다.

몇 번은 담당 선생님 없이 혼자서 수업을 하기도 했는데, 그날은 진짜 선생님이 된 기분이 들어 집에 가서까지 짜릿한 감정이 이어졌다. 당장 기숙사로 돌아가서 임용고시 공부를 하고 싶을 정도로 얼른 선생님이 되고 싶었다.

하지만 여전히 가까워지지 못한 우리 반 아이들은 나의 마음을 무겁게 했다. 나는 그때 부끄럽게도 아이들 탓을 했다.

'난 노력했지만 아이들이 너무 조용하고 내성적이어서 친해지기 어려웠을 뿐이야.'

아쉬운 마음이 가장 크게 폭발하게 된 것은 교생실습 마지막 날이었다. 아이들이 교생 선생님 가시는 날이라고 이별 파티를 해주었다. 기대도 안 했던 터라 너무 고마워서 눈물이 날 것 같았다. 반장이 대표로 나와서 선물을 주었는데, 그때 듣지 않으면 좋았을 말을 들어버렸다.

"저거 뭐 준비한 거야?"

아이들끼리 떠드는 말이 내 귀에 들어왔다. 교생 선생님을 위해 준비한 선물이 아이들의 마음을 모아 준비한 것이 아니라 반장이 알아서 형식적으로 준비한 선물이었다는 생각에, 나올 뻔했던 눈물이 쏙 들어갔다. 선물은 사진이 담긴 앨범이었다. 나와 함께한 몇 장 안 되는 추억이 꽂혀 있었다. 나는 옛날 사진을 다시 보며 추억을 몇 번이고 곱씹는 것을 좋아하지만, 이 앨범만큼은 교생실습 마지막 날 이후로 다시 열어보지 않았다. 더 최선을 다하지 못했던 나의 모습과 기대에 미치지 못한 아이들의 아쉬운 모습이 생각나기 때문이다.

아이들의 진심이 담긴 "선생님을 만나서 좋아요."라는 한마디가 선물보다 더 좋았을 텐데…. 내가 받기엔 너무 큰 선물이었을까?

아무래도 나는
선생님이 되어야겠다

　내가 중고등학생이었을 때 교생 선생님을 보고 설레고 가슴 뛰었던 것처럼 실습을 앞둔 사범대 4학년에게도 로망이 있다. 인기폭발 교생선생님이 되는 것. 선배들은 말했다. 교생은 곧 아이돌이라고. 한 달 동안 학교 현장에서 진행되는 교육 실습을 다녀온 선배들의 얼굴은 다녀오기 전과 후가 확실히 구별될 정도로 행복감이 넘쳤다. 그런 선배들의 얼굴을 볼 때면 선생님이 되지 않기로 한 나조차도 조금 설레게 되었다.

　교육실습을 나가기 전 4월, 실습을 하게 될 학교가 정해졌다. 단국대학교 사범대학 부속 중학교. 남자 중학교였다. 친구들은 남학교에 가서 인기짱 교생 선생님이 되는 거 아니냐며 호들갑을 떨었다. 나는 겉으로 상관없는 척했지만 아무래도 기대가 되기는 했다.

　교생실습 첫날, 긴장긴장 열매를 100개쯤 먹은 것 마냥 온몸이 덜덜 떨리는 상태로 1학년 3반 교실 문을 열었는데, 이후 어떻게 인사를 했는지도 기억이 잘 나지 않는다. 인기짱 교생 선생님의 타이틀은 함께 교육 실습을 나갔던 수학교육과 교생이 차지했다. '수교 박보영'으로 (하필 별명도 박'보영'이었다.) 이미 사범대학교에서 예쁘기로 소문이 자자했던 동기였다. 나를 향했던 우리 반 학생들의 관심은 수학 시간이 지나고 바로 수학 교생 선생님에게로 넘어가고 말았다. 내심 서운하기도 했지만 나는 선생님이 되지 않기로 했으니 상관없었다. 나의 결심에 힘을 보태주는 것 같아 오히려 고마웠다.

　'이왕 이렇게 된 거 적당히 하고 가야지.'

　1~2주차 동안 선생님들의 수업을 참관하며 3주차가 되었을 때 학생들에게 처음으로 수업을 하게 되었다. 적당히 하겠다는 다짐과는 다르게 최선을 다해 수업 준비를 했고, 연습도 열심히 했다. 심지어 열댓 명의 교생 동기들을 대표하여 공개 수업을 할 만큼 교생실습에 적극적이었다. 막상 수업 시간에 학생들과 말로 설명할 수 없는 감정을 교류하고 소통하면서 진짜 선생님들만 느낄 수 있는 감정을 느끼고 나니 다시 선생님이 되고 싶다는 꿈을 가져보는 것도 나쁘지 않겠다는 생각을 했다.

하지만 쉬는 시간에 수학 교생 선생님만 찾는 아이들을 보면 '내 수업에 재미가 없었나?' 하며 의기소침해져서 역시 접기를 잘했다는 생각이 들기도 했지만…. 그런데 또 수업을 하면서 아이들의 눈빛을 보면 내 마음속 어딘가가 자꾸만 뜨거워지는 것이 나도 내 마음이 뭔지 알 수가 없었다.

　　고기를 잠깐 담갔다 뺀 설렁탕처럼 밍밍하기만 했던 교생실습 시간이 어느덧 다 지나가고 마지막 날이 되었다. 선배들의 말에 의하면 아침에 눈을 뜨자마자 눈물바다가 된다던 그 교생 마지막 날, 난 아무렇지 않게 교실에 들어갔다. 아이들과 수업 시간 말고는 친분을 쌓기 어려웠기 때문에 역시 아이들을 보아도 아무렇지 않았다. 하루종일 각 교무실을 돌아다니며 지금까지 많은 것들을 알려주신 선생님들에게 감사 인사를 하고 다른 반 수업 시간에 들어가 마지막 인사를 한 후, 드디어 마지막의 마지막 우리 반 종례시간이 되었다. 이미 마지막 이별 파티가 시작되어 시끌벅적한 인기짱 교생 선생님 반을 애써 무시하며 1학년 3반의 문을 열었는데….

　　교탁 위에 올려진 케이크와 롤링페이퍼, 서툰 솜씨로 잔뜩 꾸민 칠판, 아쉬움에 가득 찬 아이들의 표정을 보자마자 나도 모르게 눈물이 폭포수처럼 쏟아지고 말았다. 삐뚤빼뚤한 글씨로 눌러쓴 롤링페이퍼에는 놀랍게도 그동안 내가 아이들에게 했던 말들이 적혀 있었다. 아무도 내가 하는 말에 관심 없다고 생각했는데 아이들은 모두 기억하고 있던 것이었다. 내가 한 말, 내가 한 행동, 내가 지은 표정까지. 아이들이 자신의 진심을 누군가에게 표현하기에는 한 달이라는 시간이 짧았던 것이었다. 그 사실을 깨달았을 때 바로 후회가 물밀 듯 밀려왔다. 내가 상처받지 않으려고 마음을 80퍼센트만 주었던 것이 오히려 아이들에게 상처가 되지는 않았을지….

지금까지 임용고시라는 나무를 바라보기만 하고 직접 올라보지도 않은 주제에 오르지 못할 나무라 단정 지으며 마음을 단념했던 내가 너무 바보 같았다. 그래서 인생에 한 번뿐인 교생생활을 제대로 즐기지 못했고, 아이들과 친해질 수 있는 기회들을 스스로 놓쳤으며, 즐겁다고 느끼는 내 진심을 애써 무시하며 재밌어도 그렇지 않은 척 자신을 속여 왔다.

이제야 솔직하게 말해본다. 나는 아이들이 너무 좋았고, 수업을 하는 내 모습이 좋았고, 학교가 너무 좋았다.

아무래도 나는 선생님이 되어야겠다.

나는 임고생이고

임고 초수생의 일상

수정

    친한 친구들끼리 노는 게 너무나 재밌어서 "우리 나중에 같이 살면 좋겠다. 같이 살자!"라고 약속해본 적이 누구나 한 번쯤 있을 것이다. 하지만 나는 그런 순간에도 진지하게 거절했다. 집을 너무 좋아하기 때문이다. 결혼을 하게 되면 몰라도 그전까지는 자의로 독립하는 일은 없을 거라 생각했다. 혼자서 살림을 감당하기엔 너무 게으르기도 했고, 가족들과 함께 있는 익숙함이 좋았다. 수학여행을 가는 그 3일조차도 낯선 곳에서 느껴지는 어색함과 가족이 아닌 사람들과 한방을 쓴다는 부담감이 나를 힘들게 했다. 그때만큼은 아니지만 지금도 낯선 곳은 나를 긴장하게 만든다.

    그런 내가 집을 나왔다. 사범대학 4학년 몇 명에게 학교

구식 기숙사를 무료로 이용할 수 있는 기회가 주어진 것이다. 건물이 오래되어 낡고 불편한 점이 있었지만 제한된 공간에서 임용고시 공부에만 매진할 수 있을 것 같았다.

4학년은 임용고시를 처음 치르는 초수생이다. 임용고시 경쟁률은 지역이나 과목에 따라 다르지만 내가 치르는 경기도 지역 생물 과목의 경쟁률은 매년 10 대 1을 넘었다. 그래서 첫 시험에서 합격한 사람이 거의 없다. 4학년 때 보는 임고는 경험이라고는 하지만 적당히 하기는 싫었다. 기숙사 지하에는 전용 학습실도 마련되어 있었다.

나는 수학교육과와 한문교육과 4학년 학부생들과 함께 방을 쓰게 되었는데, 애초에 친분을 쌓지 않았다. 다들 이곳에 온 목적이 같았기 때문이다. 서로 사생활을 터치하지 않으면서 지낼 수 있으니 다행이었다. 괜히 불편하게 어중간한 친분이 들면 공부에 방해만 되었을 것이다.

집을 나와서 살아보니 삼시 세끼 챙겨 먹는 게 굉장히 귀찮고 돈이 많이 드는 일이라는 걸 깨달았다. 다른 기숙사 동에서 사는 동기들은 아침을 잘 먹지 않아서 나 혼자 챙겨 먹어야 할 때가 많았다. 처음엔 부끄럽고 민망해서 혼자 기숙사 식당을 가기가 어려웠는데, 나중에는 혼밥의 달인이 되어 있었다. 하지만 집밥만큼 풍족하지 못했고, 끼니 때마다 돈을 써야 하는 게 왠지 억울하게 느껴져 편의점에서 간단히 때울 때가 많았다.

처음에는 동기들과 학습실에서 함께 공부하니 고3 수험생으로 돌아간 것 같은 기분도 들어서 괜찮았다. 그러나 동기들이 자신에게 맞는 다른 공간을 찾아 떠나면서 나중에는 나 혼자 공부하고 나 혼자 쉬는 시간을 보내야 할 때가 많았다. 기숙사에 사는 동기 3명 중 2명은 물리 전공이라 수업도 거의 겹치지 않았고, 1명은 같은 생물 전공이었지만 4학년 때 동기 CC가 되어 연애를 하는 바람에 나와는 시간을 보낼 일이 없었다.

정말 공부만 하자고 기숙사에 들어온 것이긴 하지만 외로운 마음이 드는 건 어쩔 수 없었다. 그래서 기숙사에 사는 친구들 말고 학교 근처에 사는 지은이나 보영이와 자주 만났다. 학교 아래 고시텔에 사는 지은이는 우리 학번에서 성실의 아이콘으로 통했다. 친하게 지낸 덕분에 지은이에게 공부 자극을 많이 받았고, 힘든 시간도 같이 보낸 터라 아무래도 끈끈한 전우애가 있다. 지은이에게 심적으로나 학업적으로 지금까지도 많은 도움을 받아왔기 때문에, 나의 소중한 은인이라고 생각하고 있다. 저녁에는 보영이와 자전거를 타러 나갔다. 탄천 자전거 길을 한 시간 정도 타고 오면 스트레스와 답답함이 싹 해소되었다.

그렇게 틈틈이 외로움을 달랬지만 여전히 집이 그리웠다. 좁은 기숙사 방에 널어놓은 눅눅한 빨래를 걷을 때면 나의 인생이 서글프게 느껴지곤 했다. 보송하게 말린 옷을 입는 것이, 집에서는 쌓아놓고 먹었던 과일을 먹는 것이 밖에서는 이렇게 힘들 줄 몰랐다. 한 달에 한 번, 집에 가는 날이면 그냥 집에서 공부할까 수십 번을 고민했다. 하지만 결국 엄마와 반려견 깨비의 배웅을 받으며 밤늦게 학교로 돌아가는 버스에 몸을 실었다.

집을 나오는 게 너무나도 괴로웠기 때문에 나의 4학년 생활은 더욱 고통스러웠다. 그렇게 힘든 한 해를 보냈음에도 임용고시에 떨어졌다. 하지만 초수에 컷 점수와 큰 차이가 나지 않는 점수를 얻어 다시 시험 볼 수 있는 의지와 희망이 생겼다. 4학년의 과거의 나에게 엉덩이를 토닥이며 칭찬해주고 싶다. 그때 내가 힘들지 않았더라면 지금 나는 진작에 임용고시를 포기했을 거라고, 고맙다고 말해주고 싶다.

편견 없는
선생님이 되고 싶다

　한 고등학교에서 기간제 교사로 일하게 되었을 때 처음으로 담임 업무를 맡게 되었다. 기간제 교사에게 부당하게 책임이 무거운 감독 업무(담임 업무 같은)를 맡기는 몇몇 사례들이 있어서 문제가 되는 일도 있지만, 나는 교직 생활을 하면서 담임 업무를 해보고 싶어서 기꺼운 마음으로 맡았고 힘들지만 설레는 나날을 보냈다.

　그러던 중 우리 반 학생 중에서 중학교 때 문제를 일으킨 적이 있는 학생이 있다는 사실을 알게 되었다. 그 말을 듣고 처음에는 '경험도 노하우도 없는 내가 과연 그 학생을 감당할 수 있을까? 고등학교에 입학하여 또 비슷한 사고를 치지 못하도록 초장부터 학생을 잡아야 하는 것은 아닐까?' 하는 생각을 하게 됐다. 아직 만나지도 못한 그 학생에 대해 편견을 갖고, 일어나지도 않은 일들로 걱정을 만들고 있자니, 대학교 때 그 동기가 떠올랐다.

이 글은 반성문이자 고해성사이자 사과문이다.

정원이 100명이 넘는 공대나 경상대는 과 동기들 이름도 모르는 경우가 있다. 사범대는 정원이 적어서 서로 잘 알고 긴밀하게 지내는데 그게 좋은 점도 있고 당연히 나쁜 점도 있다. 나쁜 점 중 하나는 어떤 일이든 반나절도 되지 않아 소문이 퍼진다는 것. 비록 내가 겪지 않은 일일지라도 소문에 의해 그 사람의 평판을 다 듣게 된다.

그 친구는, 소문에 의하면 부족함투성이였다. 말은 느리고 어눌했고 행동은 굼뜬 스타일이었다. 사람들은 그 친구 앞에서는 웃고 챙겨주는 듯했지만 뒤돌아서면 늘 험담을 했다. 하지만 그 애는 눈치도 없어서 전혀 알아차리지 못했다. 그 친구와 가까운 사이는 아니었지만 멀리서 상황을 보고 있으면 답답해서 화가 나기도 하고 안쓰럽기도 했다. 오지랖 넓은 나는 혼자서 감정의 롤러코스터를 몇 번씩이나 오르락내리락했다. 한 가지 분명한 건 나는 그 친구를 나보다 '못난' 사람이라고 생각했다는 거다.

어느 날 내가 별로 좋아하지 않았던 선배와 스터디를 하고 있는 그 친구를 발견했다. 나는 역시 끼리끼리 다닌

다며 앞뒤 사정을 알지도 못하면서 흉을 보았다. 그리고 얼마 지나지 않아 또 선배와 그 애가 함께 스터디하고 있는 것을 보게 되었다. "쟤는 왜 저 선배랑 같이 스터디를 하고 있대?" 그때 옆에 있던, 같은 과 한 학번 후배이자 나의 친동생인 보리가 내 말의 의도를 전혀 눈치채지 못한 듯 "저 언니 진짜 착하다니까." 하며 그 친구가 포용성 있고 성실하다며 칭찬을 했다. 보리의 말에 문득 부정적인 편견에 사로잡혀 잘못된 생각을 하고 있었다는 걸 깨닫고 부끄러워졌다.

그 친구는 어쩌면 바보처럼 무딘 것이 아니라 편견이 없었던 것일지도 모른다. 그래서 모두가 좋아하지 않는 그 선배를 평판으로만 함부로 판단하지 않고 서슴없이 스터디를 했던 것이다. 답답한 성격이었던 것이 아니라 단지 생각이 많아서 느렸던 것일지도 모른다.

시험을 코앞에 둔 어느 날 평소 친하게 지냈던 휴학한 동기들이 학교에 놀러온다는 소식에 예쁘게 꾸미고 온 그 친구의 모습을 본 적이 있다. 시험 기간이라는 핑계로 나는 친구들과의 약속을 모두 미뤘는데, 시간에 구애받지 않고 자신이 해야 할 일을 그때 해내는 여유로움이 왠지 어른스럽다고 느껴졌다. 그동안 잘 알지도 못하면서 나보다 못난 사람이라고 멋대로 판단하고 흉을 보았다는 사실이 정말 부끄러웠다.

사범대학에 다니면서 미래에 선생님이 될 사람이라고 생각하며 늘 사람을 쉽게 평가하지 않겠다고 다짐했었는데…. 나는 다시 같은 실수를 반복하려 하고 있었다. 그렇게 반성하고 뉘우치며 어른이 되었다고 생각했는데 나는 선생님이 되어서도 색안경을 벗지 못하고 있었던 것이다. 부정적 고정관념은 사회적으로 형성되는 것이기 때문에 그것에서 자유로워지려면 늘 그런 문제에 깨어 있도록 노력을 해야 한다. 아직 경험과 훈련이 필요한 것이 아닌가 생각한다.

　　그즈음 우리 반 학생에게서 전화가 왔다. 수업과 과제에 관한 이런저런 이야기를 나누다가 학생이 문득 궁금한 것이 있다며 뜸을 들였다.

　　"선생님, 만약에 선생님 제자가 사고 친다면 선생님은 그 애를 미워할 거예요?"

　　엉뚱하면서도 무서운 질문이었다. 질문의 의도를 파악하고자 왜 이런 질문을 하는지 묻자 이렇게 대답했다.

　　"제가 중학생 때 말썽을 많이 부렸었거든요…"

　　아마도 그 학생은 중학생 때 말썽부린 일을 내가 알고 자신을 미워할까 봐 두려워하는 거 같았다. 드디어 나에게 기회가 왔다. 그 지긋지긋했던 색안경을 벗을 기회가. 나는 최대한 다정한 목소리로 말했다.

　　"선생님은 아직 너를 직접 만나보지도 못했어. 직접 만

나보고, 겪고, 그러고나서 판단할게. 네가 어떤 사람인지 말이야. 그러니까 걱정하지 마. 과거의 잘못을 반성하고 있다면 그걸로 충분해."

그리고 고맙다. 선생님이 색안경을 벗을 기회를 줘서.

첫 임용고시

수정

나의 책상 앞에는 4장의 수험표가 붙어 있다. 초수나 재수 때는 이렇게 장수생이 될 줄 모르고 공부에 자극을 주기 위해 붙여놓기 시작했는데, 이젠 벽에 공간이 없어 겹쳐서 붙여야 할 만큼 수험표가 많아졌다. 이제는 작년의 시험날 기억이 재작년과 헷갈릴 만큼 그 특별함이 사라졌다. 그저 실패한 시험날 중 하루일 뿐이었다. 하지만 처음 봤던 임용고시만큼은 아직 기억에 선명히 남아 있다.

임용고시 1차 시험은 매년 11월 셋째 주나 넷째 주 토요일에 치러지기 때문에 11월 22일이 생일인 나는 5년째 생일을 편안한 마음으로 보내지 못하고 있다. 내가 첫 임용고시를 보던 날짜는 2016년 12월 3일이었다. 선배들 중에서도 초수에 합격한 사람은 한 해에 한두 명 정도라는 말을 워낙 많이 들어서 부담감은 크지 않았다. 다만, 그래도 나는 남들보다 일찍 3학년 겨울부터 임용고시 준비를 해왔기에 처음이지만 형편없는 점수를 받기는 싫었다. 부족한 걸 알지만 끝까지 열심히 해보자고 다짐했고 결코 가볍지 않은 마음으로 다가오는 시험을 맞이하고 있었다.

어김없이 찾아온 내 생일, 친구들이 그래도 생일이니 같이 밥이나 먹자고 해서 공부하다 나와 학교 앞 식당에서 밥을 먹고 카페에 갔다. 커피를 주문하고 자리에 앉아 기다리는데, 카페 사장님이 이벤트에 당첨되었다며 꽃다발을 주셨다. 깜짝 놀라 꽃다발을 받는데, 함께 공부했던 지은이와 수희가 생일축하 노래를 부르며 케이크를 들고 나왔다. 내 생일을 축하해주기 위해서 며칠 전부터 계획해둔 것이란다. 공부하느라 여유가 없을 텐데 어떻게 짬을 낸 것인지…. 이런 깜짝 파티를 할 생각을 하다니 너무 귀엽고 감동적이었다. 더군다나 시험이 얼마 안 남은 시점에 신경을 써준 것이라 미안하면서 고마웠다.

시험 전날에는 집으로 돌아갔다. 가족이 있는, 편안한 집에서 시험장으로 나서고 싶었기 때문이다. 처음이다 보니 '나는 몇 점을 받을 수 있을까?', '혹시나 덜컥 합격할 수도 있지 않을까?' 하며 설레는 상상도 해보았다. 시험 전날 일찍 잠자리에 들까 했지만 누워도 잠이 올 것 같지 않아서, 시험을 치른 뒤에 몰아서 보려고 했던 드라마〈도

깨비〉첫 방송을 본방사수했다. 드라마 장면을 찍어 SNS에 올렸더니, 내가 시험에 대한 언급을 하지 않았음에도 학교의 선배와 후배들이 시험 잘 보고 오라며 응원 댓글을 달아주었다. 드라마에 좀처럼 집중하지 못하고 시험 생각으로 가득했던 나를 알기나 한 듯 말이다.

경기도 임용고시는 주로 수원시나 안양시에서 치러진다. 2016년에 치러진 시험은 안양시의 한 고등학교에서 보게 되었는데 성남시에 사는 나에게는 거리가 꽤 부담스러웠다. 혹시나 길이 막혀 지각이라도 할까 봐 일찍 출발하기 위해 새벽에 일어나 준비를 했다. 엄마는 나보다 더 먼저 일어나 내가 먹을 도시락을 정성스럽게 준비해주셨다. 혹시 모르니 간식도 챙기고 옷도 여러 겹 입어 춥거나 덥지 않도록 만반의 준비를 했다. 수능 때나 대학교 면접 날과 마찬가지로 그날도 가족을 동행하지 않고 홀로 집을 나섰다. 아침의 찬 공기가 낯설게 느껴졌다.

다행히 내가 보는 시험실에 수희가 있어서 마음이 든든했다. 나와 수희는 열심히 주변을 살피며 분위기에 적응했다. 1교시 교육학, 2교시 전공A, 3교시 전공B로 총 3교시로 진행되는 시험 사이에 각각 40분의 쉬는 시간이 있다. 대부분 조용한 분위기였지만 간혹 같은 학교 사람들끼리는 조용히 대화를 주고받기도 했다. 복도나 화장실에서 같은 학교 사람들을 마주칠 때면 반갑게 이야기를 나누며 긴장된 마음을 풀었다. (n수생이 되어서는 후배들을 마주치는 게 부끄러워졌다.)

1교시가 끝나고 나니 배가 고팠다. 이 시험은 따로 점심시간이 주어지지 않기 때문에 쉬는 시간을 활용해서 밥을 먹어야 했다. 쉬는 시간은 예비령이 울려 자리를 정돈해 시험을 준비해야 하는 시간도 포함되기 때문에 밥을 먹을 수 있는 실질적인 시간은 20분 정도다. 1교시 후에는 아무도 도시락을 꺼내지 않길래 2교시 끝나고 먹기로 수희와 합의를 했다. 그러나 2교시가 끝나도 도시락을 꺼내 먹는 사람들은 거의 없었다. 대부분 빵이나 초콜릿 같은 간단한 것으로 배를 채웠다. 도시락을 먹어도 되는 건가 하고 눈치가 조금 보였지만 더 이상 참을 수가 없어서 맨 뒤에 있는 수희 자리로 의자를 가지고 가서 함께 조용히 도시락을 먹었다. 지금 생각하면 엄청난 흑역사고 민폐다. 고등학교 중간고사도 아니고 의자를 옮겨서 함께 밥을 먹다니….

아무튼 그것 외에는 별 탈 없이 시험을 마쳤다. 4학년 여름부터는 12월 3일 임용고시가 삶의 마지막 날인 것처럼 그것만 바라보고 달려왔기 때문에 임용고시를 치르고 나니 약간 허망함이 느껴졌다.

'이제 어떻게 되는 거지?'

돌아보니 지금보다 4학년 때가 더 치열하게 살지 않았나 싶다.

'노력한 만큼 결과가 나왔으면 좋겠다'고 생각했던 때가 고시 생활 통틀어 그때뿐이었던 것 같다. 나중으로 갈수록 노력보다는 내가 이번에 운이 좋으면 좋겠다는 마음으로 시험을 치렀기 때문이다. 함께 같은 꿈을 꾸며 서로를 응원해주는 친구가 곁에 있던 4학년에 내가 아주 조금만 더 노력했더라면 합격할 수 있지 않았을까? 초수 결과는 불합격이었다.

보영이에게
보내는 편지

드디어 우리의 첫 시험의 결과가 발표되었어. 솔직히 조금은 기대했는데. 아쉽게도 불합격이야. 역시 초수 합격은 어려운 거겠지. 그래도 1차 합격선 점수와 근소한 차이로 떨어진 거라 희망이 보이네. 다행이야. 임용고시 공부가 처음이라 너무 막막했는데, 그래도 꾸역꾸역하면 얻는 게 있는 거 같아.

어쨌든 나는 결국 진짜 임고생이 되었네. 말로만 듣던 지독한 고시 생활을 직접 하려니 혼자 잘할 수 있을까 걱정도 되고, 새로운 시작이니 조금 벅차오르고 두근거리기도 해. 임용을 준비하는 동기들도 많으니 서로 연락하며 나태해지지 않도록 좋은 자극을 줄 수 있지 않을까?

그런데 선배들을 보니 임용을 준비하다가 기간제 교사로 빠지기도 하더라. 학부생일 땐 그들이 임용을 준비하다가 실패해서 포기하고 차선책으로 기간제 교사가 되었다고 생각했는데, 요즘엔 모두가 다 그런 건 아니라는 생각이 들어. 내가 봤던 어떤 선배는 일찌감치 기간제 교사를 시작했는데, 임용고시를 포기해서 그런 건 아니었어. 경제적으로도 여유로웠고, 공부도 잘했는데 졸업하자마자 바로 기간제로 학교에 취직해서 본인의 즐거운 일상을 SNS에 올리더라고.

처음에는 당연히 임용고시 공부와 병행하는 줄 알고 '기간제는 장수생의 지름길이라던데 그래도 되나?'라고 생각했는데, 알고 보니 임용고시는 준비하지 않고 애초에 기간제 교사로 일하는 계획을 세웠던 거야. SNS를 보니 학생들이 그 선배를 굉장히 따르고 좋아하더라. 방과 후 수업도 인기가 많은 걸 보니 수업도 재밌게 잘하는 거겠지?

맞아. 생각해보면 기간제 교사는 다른 말로 '프리랜서 교사'잖아. 능력만 있으면 원하는 학교에 자리가 생길 때 지원해서 들어갈 수도 있고, 계약 기간이 끝나면 원하는 만큼 쉴 수도 있어. 한 학교에 오래 머물지 않기 때문에 동료들과 인간관계의 스트레스나 부담을 줄일 수도 있지.

그런데 왜 나는 그 길을 선뜻 선택하지 못하는 걸까?

아무래도 나는 교사로서 내 자격과 실력에 대해 확신이 없는 거 같아. 내가 생명과학과 교육학에 대한 지식을 교사가 될 만큼 충분히 쌓았다고 자신 있게 말할 수가 없어. 지금 교단에 서서 아이들을 단 한 명도 졸지 않게 만들 수 없고, 내가 가르치는 내용을 모든 학생들이 이해하도록 만들 수 없어. 내가 담임이 된 반 아이들이 '우리 담임 선생님은 참 좋으신 분이다.'라고 느끼게끔 할 수 있을지도 의문이야.

물론 합격을 한 정교사 선생님들도 그렇게 하기는 힘들겠지. 하지만 그들에게는 인증된 교사 자격이 주어진 거니까 내 수업을 듣고 졸거나 잘 이해를 하지 못하는 학생이 있어도, 학급에서 소외되고 내게 마음을 잘 열지 않는 학생이 있어도 '내가 교사의 자격이 없는 거야.'라며 비관하지 않고, '내게는 이 아이들을 긍정적으로 바꿀 수 있는 능력이 있어.'라며 효율적인 대책을 찾지 않을까?

나는 아직 나에 대한 믿음이 충분하지 않고, 기간제 교사에 대한 못 미더운 편견에 맞설 용기가 없어. 그래서 계속 임용고시에 도전해보려고 해. 어쩌면 내가 생각한 것보다 정교사가 되는 날이 멀리 있을지도 모르겠지만, 최대한 빠르게, 열심히 달려볼게. 정교사라는 날개가 나에게 붙여진다면, "역시 제가 자격 있던 것 맞죠?"라고 말하듯 훨훨 날아볼게.

PART II

슬기로운 임고생 생활

_ 선생님으로 가는 길

사범대 졸업하면
선생님되는 줄 알았는데

수정

    선생님이 되기 위해 공부를 했지만 대학교를 졸업한 후 내가 겪게 될 꿈을 이루기 위한 험난한 여정에 대해서는 깊이 생각해보지 못했다. 임용고시라는 시험을 치르게 될 것이라는 것 정도? 객관식인지 주관식인지, 어떤 내용을 공부해야 하는지, 시험을 보기 위해 어떤 자격이 필요한지 등에 대해서는 아는 게 없었다. 대학교 2학년이 되어서야 임용고시에 대해 알아가기 시작했다.

    임용고시의 정식 명칭은 '중등학교교사 임용후보자 선정경쟁시험'이다. 사람들이 자주 하는 질문 중 하나가 "중등 임용고시 합격하면 중학교 교사 되는 거야?"다. '중등'이라는 이름 때문에 그렇게들 생각하는 것 같다. (중학교와 고등학교를 중등교육기관이라고 한다.) 중등 임용고시에 합격하면 중학교뿐만 아니라 고등학교에서도 근무할 수 있다. 초등 임용고시와 유치원 임용고시, 특수 임용고시 등도 따로 있다. 물론 모두 총 2차 시험으로 이루어지는 점과 1년에 한 번 연말에 이루어지는 점은 동일하다.

중등 임용고시를 보기 위한 가장 흔한 방법은 사범대학을 졸업하는 것이다. 모든 대학에 사범대학이 있는 것이 아니고 국어, 수학, 영어 등과 같은 교과에 비해 나머지 교과는 사범대학 내에 과가 없는 경우가 많다. 그래서 나는 사범대학 과학교육과에 합격한 것만으로 아주 큰 산 하나를 넘은 것 같은 기분이 들었다. 하지만 꼭 사범대학에 들어가지 않아도 임용고시를 볼 수 있는 방법이 있다. 사범대학이 있는 대학교의 다른 단과대에 들어가서 매우 높은 성적을 받은 뒤 교직이수를 하는 것이다. 또는 교육대학원을 졸업해도 가능하다. 교직이수를 하는 경우에는 임용고시에 대한 정보가 부족하고, 도움을 받을 곳이 적어 준비하는 데 어려움이 있다고 한다. 그래도 '한마음 교사되기'와 같은 임고생들이 만든 카페가 활성화되어 있어서 정보를 얻고 함께 공부할 스터디를 구할 수 있다.

그렇게 정교사 2급 자격증을 받게 되면 임용고시를 볼 수 있는데, 이밖에도 한국사 자격증이 필요하다. 한국사능력검정시험 3급 이상을 받아야 하는데 유효기한이 있어서, 자격증 취득 이후 5년이 지나도록 임용고시를 합격하지 못하면 다시 시험을 봐야 한다. 사범대학 학생들은 보통 3학년이나 4학년 들어가기 직전에 자격증을 딴다.

옛날에는 임용고시가 객관식으로 출제되었지만 2014년부터는 주관식으로 출제되고 있다. 교육학 시험은 B4 용지 한두 쪽 분량으로 적어야 하는 논술형으로 진행되는데, 중등 임용고시를 보는 전 교과에서 같은 문제로 시험을 본다. 전공 시험은 단답형과 서술형이 있는데 출제 비율은 매해 조금씩 바뀌고 있다. 1차 시험은 총 3교시다. 1교시에는 교육학 60분, 2교시에는 전공A 90분, 3교시에는 전공B 90분이다. 교육학 배점이 20점, 전공A와 전공B는 각각 40점씩이다. (2021년 생물은 전공A에서 12문제, 전공B에서 11문제가 출제되었다.)

출제 유형이 주관식으로 바뀌면서 수험생 입장에서 가장 답답한 점이 채점기준과 모범답안이 공개되지 않는다는 것이다. 임용고시 학원에서 합격자 답안과 각론서를 분석하여 만드는 기출문제 해설 강의 또는 여러 임고생들의 의견을 바탕으로 만들어지는 답안에 의존할 수 밖에 없다. 부분점수를 어디까지 받을 수 있는지, 인정되는 답안은 무엇인지 등을 정확히 알 수 없기 때문에 불합격한 사람의 입장에서는 굉장히 화나고 속상하다. 학생에게 평가 결과에 대한 피드백을 주어 성장할 기회를 제공하라는 현 교육 방침이 임용고시에는 적용되지 않는 것이다.

중등 임용고시는 1차 시험에서 최종합격자 인원의 1.5 배수나 2배수를 뽑는다. 1차 시험에서 합격하면 2차 시험을 보게 되는데, 지역마다 그 유형이 조금씩 다르다. 공통적으로는 수업실연과 면접을 보게 되지만 추가적으로 지도안 작성, 수업나눔(수업에 대한 성찰 면접), 실험, 집단토의 등의 차이가 있어 시험 볼 지역을 고르는 데 2차 시험이 중요한 요인이 된다. 예체능 교과는 실기 시험도 있다.

　내가 생물 임용고시를 준비하면서 어려웠던 점은 1차 시험이 고등학생 때 중간·기말고사를 공부하는 것과는 차이가 크다는 것이었다. 일단 1차 시험의 범위가 굉장히 넓다. 몇 년을 공부했어도 한 번도 본 적 없는 내용이 출제되기도 한다. 또한, 가르치는 강사가 많지 않아서 자신과 맞는 강의를 듣기도 쉽지 않다. 강의를 듣는다 해도 이해가 바로 되지 않아 사이트에 질문을 달고, 며칠을 친구들과 머리를 싸매고 고민하기도 한다. 족집게 강의와 주입식 교육에 익숙한 나와 같은 사람들은 이러한 임용고시 준비가 낯설고 어렵게 느껴질 수 있다. 임용고시를 준비하는 동안 중고등학생 때 선생님들이 얼마나 어렵고 힘든 시험을 치르고 왔는지를 깨닫게 되어 존경심이 솟구쳤다. 내가 이 시험을 무사히 통과할 수 있을까?

고시생의
외로움에 대하여

수정

    나는 10년 전부터 일기를 써오고 있다. 좋아하는 드라마, 연예인, 짝사랑했던 남학생, 몸무게, 그날 먹은 간식 등 온갖 TMI를 다 기록했다. 임고생 2년차였던 2018년 한 해는 일기 대신 편지를 열심히 썼다. 지루하고 아무 일도 일어나지 않는 고시생 생활을 편지로 기록했다. 공부하다가 잠깐 쉬고 싶을 때, 함께 임고를 준비하는 보영이에게 보내는 편지를 썼다.

    나는 생일이나 크리스마스와 같은 기념일에 손편지 쓰는 것을 좋아했다. 중고등학교 때 친구들과 주고받은 손편지와 수업 시간에 주고받은 작은 쪽지들까지도 아직도 보관되어 있을 만큼 손으로 직접 쓴 글에 대한 애착이 있다.

컴퓨터로 쓴 글이나 사진에 비해 손편지는 그 당시의 상황과 감정을 더 생생하게 담고 있다. 때로는 편지를 통해 힘들었던 기억도 아름다운 기억으로 변하기도 한다.

어쨌든 이렇게 많은 손편지를 써왔지만 보영이와 편지를 주고받기 전까지 직접 편지에 우표를 붙여 보내본 적은 별로 없었다. 보영이에게 처음 편지를 보낸 것도 이벤트처럼 한 번으로 끝나게 될 줄 알았다. 그때는 우표를 사는 것조차 낯설었다. 우표는 이제 문방구에서 팔지 않는다는 것, 규격 봉투가 아니라면 420원짜리 우표를 붙여야 한다는 것(2021년 현재 우푯값은 470원이다), 보내는 사람과 받는 사람의 주소를 봉투에 쓰는 위치는 크게 상관이 없다는 것 등을 편지를 부치기 시작하며 알게 되었다.

아마 처음에는 보영이의 편지가 고마워서 성의를 표시하기 위해 답장을 부쳤을 것이다. 그러다가 혹시나 또 답장해주지 않을까 하고 기대했는데, 어김없이 편지는 다시 도착했다. 처음엔 봉투 하나에 한 장의 편지를 담았는데 나중에는 며칠 동안 편지를 써 모았다가 편지 여러 장을 봉투 하나에 욱여넣어 보내며 420원 우푯값을 야무지게 뽑아냈다. 오늘 편지 부쳤다는 문자가 오면 며칠 뒤에야 편지가 도착했는데, 그렇게 기다리는 시간이 좋았다.

1년 동안 써온 편지는 100장이 넘었다. 무슨 할 말이 그렇게 많았냐 하면, 사실은 별것 없었다. 그날의 날씨, 요즘 재밌는 드라마, 새롭게 발견한 맛있는 편의점 간식, 언짢았던 소소한 일들, 이 좋은 날씨에 놀러 가서 하고 싶은 것들….

혼잣말처럼, 의식의 흐름대로 풀어 썼다. 그러니 일기나 마찬가지였다. 보영이는 도서관에 가져가는 책가방에 편지지를 챙겨 다녔고, 나는 독서실에 도착하자마자 항상 머리맡의 편지지를 꺼냈다. 소소한 이야기였지만 서로의 일상을 소설책 읽듯 재미있게 읽었고, 오랫동안 기억했다. 만약 보영이가 그 이야기들을 손편지가 아닌 메신저로 했다면 돌아서서 금방 잊었을지 모른다. 보영이가 꾹꾹 눌러 쓴 꼬부랑 글씨체로 쓰인 일상과 감정이기에 더욱 진심을 느끼며 오래 마음에 담아두었다.

고시 공부를 시작하면 처음엔 외로움에 빠지기 쉽다. 나처럼 혼자 밥 먹거나 영화 보는 것을 잘하고, 일주일간 집 밖으로 안 나가도 전혀 심심하지 않은 사람도 외로움을 탔다. 대학 졸업 후 소속이 없어지고 신분이 '임고생'이 되자 안정감이 사라졌다. 지금 살고 있는 동네는 성인이 되어 이사온 곳이라 동네 친구도 없었다. 대학 동기들도 대부분 나처럼 임용고시를 준비하고 있었기 때문에 내가 만나고 싶다고 불러낼 수도 없었다. 그런데 내가 가진 시간이 너무 많았다.

대개 온종일 공부를 했지만 멍하니 내 삶을 돌아보며

깊은 고뇌에 빠지게 될 때가 잦았다. 부정적인 생각이 꼬리를 물기 시작하면 한없이 우울해졌다. 그래서 편지를 쓰기 시작했다. 문득 떠오른 감정들, 나쁜 마음들이 머릿속에 고이지 않도록 편지에 쓰며 감정을 청소했다. 나는 혼자였지만 보영이와 함께였다.

요즘 유튜브 콘텐츠 중에 'study with me'가 있다. 본인이 공부하는 영상을 찍어 올리거나, 실시간 스트리밍으로 카메라를 켜둔 채 공부하는 모습을 보여주는 것이다. 처음에는 서로에게 공부 자극을 제공하는 목적이라고 생각했는데, 나중에 직접 실시간 방송을 보며 함께 공부해보니 외로움을 덜기 위함도 있다는 걸 알게 되었다. 아침부터 밤까지 정해진 시간에 공부하고 쉬는 시간에 10분씩 채팅을 나누며 이야기도 하고, 심지어 점심과 저녁도 함께 먹으며 자연스레 유대감을 쌓을 수 있었다.

고시생들에게는 다양하고 많은 고충과 어려움이 있겠지만, 그중 외로움은 그저 참는다고 사라지는 것도 아니고, 홀로 극복할 수도 없는 것 같다. 사라지겠지 하고 방치하다가는 어느새 외로움이 나를 잡아먹게 될지 모른다. 나와 같은 사람이, 나의 힘듦을 공감해줄 사람이 이 세상에 존재한다는 것을 편지로든 짧은 영상으로든 확인한다면 외로움을 덜고 힘을 얻을 수 있지 않을까?

알바생 겸 임고생

수정

　나는 20대 중반까지 알바를 해본 적이 없다. 대학생 때도 알바를 하지 않았다. 여유로운 형편이어서가 아니라 그냥 외면할 수 있을 때까지 외면했던 것 같다. '엄카'를 긁으며 내가 지금 얼마를 쓰고 있는지도 알지 못한 채 카드를 긁어댔다. 용돈을 현금이 아닌 카드로 받았기 때문에 종종 카드깡을 하기도 했다. "카드로 계산할 테니까 나한테 현금 줘." 덕분에 나는 차곡차곡 현금을 모아 '현금 부자'라는 별명도 갖게 됐다. 지금 생각하면 얼굴이 붉어질 정도로 철없고 죄송스러운 짓이었다.

　그렇게 나의 철 없음과 부모님의 아낌없는 베풂 덕분에 대학 시절에는 알바할 생각을 안 했다. 알바를 시작한 건 다름 아닌 대학을 졸업하고 나서였다. 앞으로 적어도 1년

　　　　　　　　　　　　　나는 임고생이고

동안은 꼼짝없이 공부해야 하는데, 계속해서 경제적으로 부모님께 의지하는 것은 너무 양심 없다는 자각이 들었다. 부모님은 내가 알바를 하는 걸 싫어하셨다. 오로지 공부만 하고 짧고 굵게 고시생활을 끝내고 임용고시에 합격하길 바라셨기 때문이다. 하지만 더 이상 학생도 아닌데 경제적으로 의존하며 살고 싶지 않았다. 나도 내 돈 주고 카페에서 커피 한 잔 정도는 사 마시고, 양심의 가책 없이 예쁜 옷 한 벌 사 입고 싶었기 때문이다.

결국 부모님을 설득해 알바를 시작했다. 처음 했던 알바는 만화카페였다. 공부에 방해가 되지 않도록 일부러 오후 늦은 시간대를 선택했다. 일주일에 2번 출근해서 마감일을 했다. 만화카페도 나름 카페라고 생각해서 구수한 커피 냄새를 맡으며 여유롭게 일할 수 있을 줄 알았는데 전혀 아니었다. 요즘 만화카페는 PC방처럼 온갖 스낵류를 다 판매했고 볶음밥이나 라면, 떡볶이에 심지어 치킨도 내가 만들어야 했다. 한 평 남짓한 좁은 공간에서 냉장고의 소음을 들으며 발밑으로 기계들이 뿜어내는 뜨거운 열기를 받으며 조리를 하니 머리가 너무 아팠다. 그뿐만 아니라 새벽 2시에 가게 문을 닫고 퇴근하는 길은 무서웠다.

한 달 정도 일하고 나서 사장님에게 그만둔다고 말씀드릴 타이밍을 엿보고 있을 무렵이었다. 한 손님이 떡볶이를 주문했는데 내가 진동벨을 못 드린 바람에 떡볶이를 들고 주문한 손님을 찾아다녀야 했다. 오픈된 공간에는 그 손님이 없어서 어쩔 수 없이 룸까지 들여다보았다. 룸이라고 해봤자 문도 없고 벽도 다 막히지 않은 그냥 분리된 공간일 뿐이었지만. 그러다 충격적인 장면을 목격했다. 중학생 커플이 그곳에서 뜨거운 사랑을 나누고 있던 것이다. 다행히 커플의 뒷모습을 보고 놀라서 후다닥 내려왔지만, 눈이라도 마주쳤으면 너무 민망할 뻔했다. 학생들이 나가고 나서 청소도구를 들고 아주 찜찜하게 룸을 청소했다. '학생들이 사랑을 나눌 공간이 부족했구나.' 애써 이해해보려 노력했다. '그래도 그렇지. 공공장소에서 성관계라니….' 성교육은 제대로 받고 이해한 걸까?' 그저 그 대범함에 놀라 청소하는 동안 피식 웃음이 새어 나왔다.

그렇게 당황스러운 사건을 겪은 후 만화카페는 그만두었다. 다음으로 일했던 곳은 프랜차이즈 베이커리였다. 이번에는 색다른 전략을 써보았다. 매일같이 아침에 늦잠을 잤기 때문에, 알바를 이용해서라도 강제로 일찍 일어나보자는 생각이었다. 아침 8시부터 정오까지 일했는데, 새벽에 출근하신 기사님이 만들어 놓으신 빵을 진열하다 보면 금세 오후 12시가 되었다.

평소 같았으면 침대에서 밍기적거릴 시간에 돈을 버니 공부시간을 빼앗기지 않는 기분이었다. 초반에는 생체리듬에 적응하지 못하고 독서실에서 꾸벅꾸벅 졸긴 했지만,

전보다 하루가 길어진 느낌이 들었다. 일하면서 가끔 회의감이 느껴지는 순간은 학교에서 단체주문이 들어올 때였다. 신도시라 주변에 학교가 많아 단체주문이 꽤 들어왔는데, 그때마다 마음 한구석이 아렸다. 내가 여기서 일하고 있는 게 맞나, 이렇게 해서 선생님이 될 수 있는 건가, 빨리 갈 수 있는 길을 용돈 조금 벌어보겠다고 돌아가고 있는 게 아닌가 하는 압박감도 느껴졌다.

여느 날처럼 빵집 알바를 마치고 독서실 아래에 있는 식당에서 혼자 밥을 먹고 있는데, 익숙한 목소리가 들려왔다. 고개를 들어보니 고등학교 때 생물 선생님이셨다. 음식을 포장하러 오신 것 같았는데, 이곳에서 우연히 만난 학생들과 이야기를 나누고 계셨다.

내가 생물을 가장 좋아하게 된 이유가 바로 그 선생님 때문이었다. 늘 재밌게, 이해하기 쉽게 수업해주시던, 내가 존경하던 선생님임을 인지한 짧은 순간에 인사를 드릴까 말까 몇 번이나 마음을 먹었다가 말았다가 했다. 하지만 이내 고개를 푹 숙이고 말았다.

공부도 잘하고 수업도 열심히 듣던 그때 그 학생이 20대 중반의 나이가 되어 헐렁한 티셔츠를 입고 혼자 식당에 앉아 밥 먹는 모습을 보이고 싶지 않았다. 선생님이라면 생물 임용고시를 준비하는 나를 기특해하실 게 분명했지만, 그래도 자존심이 허락하지 않았다. 마치 시집가서 사는 게 바빠 엉망이 된 집과 자기 모습을 친정엄마에게 들키고 싶지 않은 딸의 마음이 이럴까? 다시 만나 뵙게 된다면, 반드시 선후배 교사로서 인사드리고 싶었다.

삼수생 때는 한 대학교 안에 있는 카페에서 알바를 했다. 커피향을 맡는 게 좋았고, 매니저님의 배려로 퇴근할 때는 독서실에서 마실 커피를 한 잔씩 싸갈 수 있었다. 보통 카페 알바생은 20대 초반이 많다. 그런데 그때는 우연히 20대 중반 또래들이 모였다. 이때 만난 친구들과는 아직도 연락하고 만난다. 사실 나의 불합격을 오래 지켜봐 온 사람들과 만나는 것은 좀 불편하다. 반면 새로 사귄 친구들은 굳이 나의 임용고시를 대화의 주제로 삼지 않기 때문에 마음 편하게 만날 수 있다.

물론 연락이 끊긴 동료도 있다. 사수생 때는 버블티 전문점에서 일했는데, 같이 일하던 알바생들이 스무 살이나 스물한 살로 어렸다. 내가 임용고시를 준비하고 있다고 말했지만, 공부에 방해받고 싶지 않다는 나의 속마음을 눈치채지 못하고 자꾸 술 마시자, 노래방 가자, 놀이동산 가자며 나를 난처하게 하곤 했다. 어린 친구들이 편하고 가깝게 대해주는 것은 좋았지만, 20대 중반 취준생의 상황을 잘 모르는구나 싶어 연을 이어가지 못했다.

버블티 가게에서 일할 때는 사장님의 따님을 종종 보게 되었는데, 미술교육을 전공했고 임용고시에 도전한 적도 있다고 했다. 지금은 미술학원에서 선생님으로 일하며 가끔 가게 일을 도왔다. 미소짓고 있어도 느껴지는 카리스마와 단호한 말투에 나보다는 저런 분이 교사에 어울리지 않을까 하는 생각이 들기도 했다. 사장님은 가끔씩 내 임용고시 얘기를 꺼내곤 하셨는데, 굉장히 부담스러웠다. 왜 일하는 가게 사장님마다 아는 지인이 임용고시에 붙었는지 모를 일이다. "내가 아는 누구는 임용고시에 몇 번 만에 결국 붙었다더라. 열심히 하면 잘 될거야" 내가 할 수 있는 말은 "우와, 정말요? 부럽네요."뿐이었다. 그래도 알바 마지막 날에 사장님은 시험 잘 치든 못 치든 꼭 다시 놀러 오라며 진심으로 응원해주셨다. 선생님이 되면 꼭 다시 들러 좋은 소식을 알리겠다고 다짐했다.

알바와 임용고시 공부를 병행하는 일은 결코 쉽지 않았다. 좋은 결과가 있었던 것도 아니고, 길을 돌아가고 있다는 생각이 계속 들었다. 그렇다고 전혀 가치 없는 일은 아니었다. 알바를 하며 사람들과 함께 일하는 법을 배웠고, 새로운 인맥도 만들었다. 하지만 임용고시 장수생이 되는데 알바가 한몫한 것도 사실이다. 학부 때 알바를 해서 돈을 좀 모아놓고 졸업 후에는 공부만 했다면 어땠을까? 지금은 먼 길을 돌아가고 있지만, 나중에 합격하여 내가 걸어온 길을 되돌아봤을 때 그 긴 여정이 즐거운 추억이 되기를 바란다.

미분개색기(謎紛芥索紀)

보영

    아마도 과학 선생님들이 가장 꺼리는 과목은 통합과학이 아닐까 생각한다. 통합과학은 물리학, 화학, 생명과학, 지구과학이 수박 겉핥기식으로 짬뽕 되어 있고, 어느 수준까지 가르쳐야 하는지도 명확하지 않아서, 전공이 아닌 부분은 따로 공부를 해야 하기 때문이다. 고등학교 1학년에게 통합과학을 가르칠 때, 너무 재미 없어서 잘 가르칠 자신이 없었던 부분은 지각을 구성하는 물질과 관련된 단원이었다.

    '지각은 대부분 암석으로 구성 되어 있고, 암석은 대부분 광물로 이루어져 있으며 암석은 대부분 규소와 산소가 결합한 규산염 광물로 이루어져 있다. 규산염 광물의 결합 구조에 따라 대표적인 암석이 있는데 예를 들어 독립형

구조는 감람석, 단사슬 구조는 휘석, 복사슬 구조는, 각섬석… 등이 있다.'

　혹시나 학생 중 누군가 "선생님 이거 왜 배워야 돼요?"라고 질문한다면 납득시킬 만한 답을 하지 못할 것 같았다. 이 단원을 배우다가 학생들이 과학에 대한 흥미가 떨어지는 것은 아닐까 지레 겁먹은 내가 생각해낸 타협점은 바로 이것이었다. 이 내용은 단순 암기가 필요한 내용인데 실생활에서 외울 필요는 없으니 시험 전날 외우는 것이 효과적이라고 미리 알려주는 것. 그럼에도 불구하고 이 내용을 수업할 때 아이들의 눈동자에서는 반짝임이 사라진다. 얼마나 재미없고 지루할지 아이들의 마음이 이해되기도 했다.

　대학교 도서관에서 고시 공부를 할 때 나의 유일한 취미는 공부를 마치고 늦은 밤 침대에 누워 좋아하는 TV 프로그램 한 편을 보고 잠에 드는 것이었다. 가끔은 한 편이 두 편이 되고, 두 편이 다섯 편이 되어 다음 날 생활에 지장을 주기도 했지만 지금 생각해보면 그때 그런 작은 일탈이 없었다면 아마도 나는 그 길고 지루했던 고시 생활을 버텨내지 못했을 것이다. 그런 의미에서 그 재미있는 TV 프로그램들은 나에게 있어서 참 고마운 존재였다.

　특히 〈SNL코리아〉를 보다가 '미분개색기(謎紛芥索紀)'라는 재미있는 말을 알게 됐다. 발음이 비속어처럼 들리지만 그 어떤 한자성어 못지않게 좋은 뜻을 담고 있다. 수수께끼 미(謎), 어려울 분(紛), 티끌 개(芥), 찾을 색(索), 실마리 기(紀). '어려운 문제라도 티끌만한 실마리를 찾아 해결한다.'라는 뜻이다. 물론 재미로 만들어낸 엉터리 말이지만 말이다.

나는 임용고시 준비를 하면서 공부가 뜻대로 되지 않아 종종 화가 치밀곤 했는데 특히 물리화학 공부를 하면서 어려운 미분, 적분 계산이 포함되어 있는 문제를 마주할 때면 '화학 공부하기도 바빠 죽겠는데 내가 왜 수학까지 공부해야 돼?!'라며 분노가 치밀었다. 학창 시절 공부했던 화학 I 과 화학 II 의 교육과정에 의하면 미분이나 적분 계산은 전혀 등장하지 않는데 수능 수리영역 시간 이후로 절대 볼일 없을 것만 같았던 미분과 적분 기호를 물리화학 전공 책에서 자꾸만 마주쳐야 하는지 도무지 납득이 가지 않았다.

날씨가 점점 쌀쌀해지던 초가을의 어느 날 아침, 아직 난방을 해주지 않던 도서관에서 추위에 덜덜 떨며 물리화학 문제를 풀고 있으면 어느 순간 나도 모르게 열이 받아 더워졌다. 한 시간 가까이 문제를 붙잡고 있었음에도 불구하고 해결하지 못하면 조용히 "미분개색기."라고 읊조렸다. 물론 빨리 실마리를 발견하여 이 어려운 문제를 해결하길 바라는 마음으로 한 말이었다.

그래서 나는 눈동자에서 반짝임이 사라지는 아이들의 마음을 더 잘 이해할 수 있다. 물론 재미없는 내용도 아이들의 흥미를 자극하는 수업으로 구성하여 가르칠 수 있다고 주장하며 선생님의 역량을 탓한다면 나는 딱히 할 말이 없다. 하지만 우리나라의 교육과정이 아직도 구시대적이지는 않은지 적극적으로 관심을 갖고 찬찬히 살펴볼 필요도 있지 않을까?

중등 임용고시에 중고등학교에서 배우지 않는 과학 이론과 문제들로 평가하고 합격한 후에 다시 중학교, 고등학교 교육과정을 따로 공부하여 아이들을 가르쳐야 하는 선생님의 노고와 아이들이 성인이 되었을 때 실생활에서 전혀 필요하지 않을 것 같은 자투리 지식들을 고작 평가를 위해 소중한 시간을 들여 암기해야 하는 아이들의 노력을 생각하면 너무 비효율적인 교육과정이 아닌가 생각한다.

교육과정이 조금만 더 현실적으로 조정된다면 어떨까? 쌀쌀한 초가을의 어느 날 아침 도서관에서 얼굴을 한껏 붉힌 채 "미분개색기…"라고 중얼거리는 일은 없지 않았을까?

프리맥의 원리

나는 열심히 공부하고 나서는 꼭 보상을 받아야 했다. 교육학에서는 그것을 '프리맥의 원리'라고 한다. 프리맥(premack)의 원리란 빈도가 높은 행동은 낮은 행동에 대하여 강화력을 갖는다는 말이다. 예를 들면, 학생이 숙제를 끝내면(빈도가 낮은 행동) 만화책을 보게 한다(빈도가 높은 행동)는 것이다. 그리고 요즘엔 이것을 '소확행'이라고 부른다. 열심히 산 나를 위해 선물하는 작지만 확실한 행복.

고등학생 때는 공부한 뒤에 꼭 드라마를 보았다. 하교 후 바로 독서실에 갔다 집에 오면 새벽 1시였는데, 〈시크릿가든〉과 〈응답하라 1997〉을 다운받아 PMP에 넣어두고 잠이 들었다. 이제 PMP도 추억의 전자기기가 되어버렸지만 10년 전에는 인터넷 강의를 수강하는 학생들의 필수품이었다. 고3 때 PMP를 잃어버렸는데 인터넷 강의보다 드라마를 보지 못한다는 사실이 더 슬퍼 엉엉 울었다. 엄마는 속내도 모른 채 열심히 공부하라며 다시 PMP를 사주셨다. 어쨌든 하루에 한 편, 드라마 보는 재미로 독서실에 성실히 나갔고, 다음 편을 기다리는 설레는 마음으로 공부했었다.

기숙사 생활을 하던 4학년 때는, 저녁마다 보영이와 자전거를 타러 나갔다. 행동 반경이 1km도 되지 않아 운동량이 적었기 때문에 자전거를 타며 체력을 길렀다. 저녁을 먹고 기숙사 아래 독서실에서 공부하며 8시가 되기만을 기다렸다. 잠시 후 여가활동을 한다고 생각하니 죄책감이 들어 그 시간에 공부가 가장 잘 됐다. 시원한 여름 밤공기를 맞으며 한 시간 정도 자전거를 타면서 산책로의 사람들을 마주치면 내가 이 세상의 일원이라는 느낌에 덜 외로워졌다.

대학교를 졸업하고 본격적인 입고생 신분이 되면서 취미생활을 접어야겠다고 결심했다. 보통 고시생이라고 하면 1분 1초가 아까워 밥 먹으면서도 공부한다고 보는 인식이 있다. 하루 20시간 공부하기 목표를 세우기도 한다. 나 역시 고시생답게 최대한 공부만 하자고 결심하고 입고생 초반기를 보냈다. 하지만 혼자 있는 시간이 너무 많다 보니 하지 않아도 될 생각을 많이 하게 되었다. 불안정한 현재와 불확실한 미래가 자꾸 떠오르며 부정적인 생각이 나의 머리에 들어찼다.

　급기야 이런 걱정들 때문에 밤에 숨이 잘 쉬어지지 않거나 심장이 비정상적으로 빠르게 뛰어 잠을 잘 이루지 못하게 되었다. 어느 날은 증상이 너무 심해 가족들 몰래 병원에 가서 심전도 검사를 받기도 했다. 다행히 별 이상은 없었고 결국 나의 마음이 문제라는 것을 알게 되었다. 이후 다시 취미생활을 시작했다. 마음이 쉴 시간이 필요했던 것이다. 나에게 행복은 선택이 아니라 필수였다. 임고생 생활을 하며 너무 다양한 취미활동을 해서 모두 기억이 나진 않지만 대략 이런 것들이었다. 뜨개질, 프랑스자수, 피포 페인팅, 편지 쓰기, 필름 카메라 촬영, 홈카페, 홈베이킹, 반려식물 기르기…. 이 중에서 지금까지 계속 해오고 있는 취미는 필름 카메라와 홈베이킹이다.

　필름 카메라와 홈베이킹의 비슷한 점은 '기다림'이다. 필름 카메라로 사진을 찍으면 한 롤을 다 찍기 전까지 사진을 확인하지 못한다. 한두 장씩 틈날 때 찍어두었다가 내가 어떤 사진을 찍었는지 잊어갈 때쯤 인화를 하게 된다. "아, 맞아! 이거 찍었었지!" 하며 다시 한번 사진 속 그 시간을 여행한다. 흐리거나 어둡게 나온 사진을 보고 아쉬워하면서도 그것 나름대로 재밌는 추억거리로 남게 되기도 하고, 예상 밖으로 훌륭하게 나온 사진을 보며 그날을 더 아름답게 기억하기도 한다.

빵이나 쿠키를 만들 때도 '기다림'이 필요하다. 이스트를 이용해서 반죽을 발효시켜 빵을 만드는 것이 내가 가장 좋아하는 방법이다. 발효빵은 시간이 굉장히 오래 걸리지만 그만큼 성취감도 있다. 온도와 습도에 민감해, 만드는 과정은 아주 까다롭다. 재료를 섞을 때 이스트가 소금과 직접 닿지 않도록 밀가루로 소금을 코팅시켜주어야 하고, 20분 정도 열심히 반죽을 치대어 매끈한 덩어리를 만들어야 한다. 반죽한 다음에는 따뜻하고 습기가 높은 곳에서 2시간 정도 발효를 시켜야 하는데, 사이사이에 공기도 빼줘야 하고, 모양도 잡아주는 과정이 필요하다. 만들다 보면 반나절이 훌쩍 지나버리지만 내 손에 직접 닿은 작은 반죽이 시간이 흐를수록 두 배, 세 배로 부풀어 오르는 모습을 보는 게 좋다.

이런 취미활동 덕분에 길고 긴 임고생 생활을 버틸 수 있었다. 물론 취미활동을 하지 않고 공부만 했다면 더 빨리 좋은 결과를 봤을지도 모르겠다. 하지만 나는 하루 20시간씩 공부만 할 수 있는 스타일이 아니었다. 그나마 그 취미 때문에 숨을 잘 쉬며 버틸 수 있었다. 오래 걸리고 있지만 할 수 있을 거라고 믿고 있다. 나는 기다리는 걸 잘하니까. 임용고시 합격도 기다리고 있다.

치열함의 한가운데
남은 향기

보영

3년 동안 임용고시 준비를 하며 매번 열심히 최선을 다했지만 그중에서도 '가장'이라는 수식어를 붙일 수 있을 만큼 유독 열심히 공부했던 해가 있다. 그해 9월, 나는 처음으로 노량진에 있는 학원에 다녔다.

매주 수요일 새벽 6시에 일어나 신분당선 지하철을 타고 양재역에서 3호선으로 갈아타고, 고속버스터미널역에서 다시 9호선으로 갈아탄 후 노량진역에 내리면 도보로 10분 거리에 학원이 있었다. 엘리베이터도 없는 노후한 건물 4층에 강의실이 있었다.

내가 수강했던 강의는 임용고시 전공과목 모의고사였다. 오전 9시부터 전공과목 시험을 보고, 오후 1시쯤 늦은 점심을 먹은 뒤, 2시부터 6시까지 모의고사 해설 강의를 듣는 수업이었다. 하루 8시간을 학원에서 보내고 4시간은 지하철과 길에서 보냈다.

아침부터 지하철을 3번이나 갈아타고 강의실에 도착하여, 집중력을 억지로 짜내어 오전 내내 최선을 다해 치렀던 첫 모의고사 결과는 상당히 처참했다. 60명 수강생 중 뒤에서 5등. 아무리 실제 시험이 아닌 모의고사이고 앞으로 공부할 수 있는 한두 달의 시간이 더 남았다고 해도 도무지 그들을 이길 자신이 없었다. 아마도 첫 시험 결과를 마주했던 그때부터였을 거다. 지금까지 굳게 믿어왔던 '내 사전에 불가능이란 없다'라는 명언 자체가 불가능이었다는 것을 깨닫게 된 것이.

그럼에도 내 마음은 계속 아니라고, 할 수 있을 거라고 제멋대로 희망고문을 했다. 그래서 오후 6시에 학원이 끝나면 다시 2시간가량 대중교통을 이용해 학교 도서관으로 가서 그날 틀린 내용을 공책에 정리하고 관련된 이론을 다시 밤 11시까지 공부했다. 그렇게 매주 치열한 수요일을 보냈다.

다른 요일에는, 수요일 모의고사에서 성적을 조금이라도 올려보기 위해 학교 도서관에서 그 누구보다도 열심히 12시간 이상 공부했다. 그런데 수요일에 모의고사를 치르고 오후에 점수가 나오면 그동안 내가 일궈왔던 노력들이 아무것도 아닌 게 되어버리는 것 같은 기분이 반복되었다.

억지로 희망의 잎사귀를 피워내고 있던 의욕이 한 번, 2번 꺾이니 어느새 앙상한 줄기만 남게 되어버렸다. 이제 임용고시를 포기해야 하는 게 낫지 않을까, 내려놓아야 할 시간이 온 것이라고, 마음을 결정해야 할 때가 온 것이라는 생각도 들었다.

이런 나를 불쌍히 여겼던 나는 가만히 이 상황을 지켜보고만 있을 수 없었다. 교통비와 식비를 감당하기에도 빠듯했던 알바비를 모아 거금 5만 원으로 나를 위한 선물을 사기로 했다. 그렇게 생각해낸 것이 향수였다.

수많은 수험생들의 피, 땀, 눈물들이 모여서일까? 어쩐지 유난히도 눅눅하고 퀴퀴한 냄새가 났던 강의실에서 나의 후각과 기분을 지켜줄 수 있는 선물을 고르고 싶었다. 짧은 점심시간을 이용해 선배 언니와 더 바디샵 노량진점에 들렀다. 여러 가지 향수를 시향해보았다. 그중 마음을 위로해주는 듯한 달콤하고 포근한 향이 나는 'BLACK MUSK'에 사로잡히고 말았다.

치열함의 한가운데 서 있던 나를 위로하기 위해 선물했던 그 향. 달콤하고 포근한 향기의 향수는 지금까지도 나를 위로해주는 향이 되었다. 물론 그날의 외로움, 좌절감, 답답함, 우울감도 되살아난다. 하지만 그 힘든 시기를 잘 견뎌낸 내가 자랑스럽다고 생각하면 다시 오늘 조금 더 힘을 낼 수 있게 된다.

2차 시험 스터디

수정

 임용고시는 여러모로 참 잔인한 시험이다.

 첫째, 기회가 1년에 단 한 번이다.

 둘째, 전공 시험 범위가 너무 넓어서 결과는 어느 정도 운에 맡겨야 한다. 이를테면, 1차 전공 시험과목은 교육학, 전공A, 전공B인데, 교육학의 경우 '교육부고시 제2020-240호(2020.10.30.)의 부칙 제3조(경과조치) 제12호에 근거한 교직과목의 세부 이수기준에 제시된 교직이론과목'이 출제범위다. 관련 교직이론 과목은 교육학개론, 교육철학 및 교육사, 교육과정, 교육평가, 교육방법 및 교육공학, 교육심리, 교육사회, 교육행정 및 교육경영, 생활지도 및 상담 등이다.

 셋째, 모범답안이 발표되지 않는다.

그 외에도 여러 가지 이유가 있다.

1차 시험을 치른 뒤 합격자 발표가 나오기까지는 한 달 정도 걸리기 때문에 대부분의 임고생들은 1차 합격 여부를 모르는 채 2차 시험 준비를 바로 시작한다. 이게 참 피말리는 일이다. 1차 지필고사를 망치면 의욕은 생기지 않으나 2차 시험은 서술·논술형이고 답안이 발표되지 않기 때문에 채점이 어떻게 될지 몰라 대부분 2차 준비를 하게 된다. 혹시나 준비하지 않았다가 덜컥 1차에 붙게 되면 그만큼 세상 후회스럽고 바보 같은 일이 없기 때문이다.

1차에 떨어진다 하더라도 2차 수업실연을 연습하며 외운 교육과정 내용이 1차 지필고사에 관련하여 출제되기 때문에 2차 시험을 준비해도 손해 보는 장사는 아니었다. 다만, 그렇게 열심히 준비하다가 1차 불합격 통보를 받으면 아주 많이 마음이 아플 뿐이다.

그렇게 준비할 이유가 충분함에도 불구하고 2차 시험을 제대로 준비하기 시작한 것은 네 번째 시험 때였다. 그전에는 친한 동기인 지은이와 단둘이 2차 시험을 준비했기 때문에 서로의 수업실연을 진지하게 봐주기 어려웠다. 그러다 네 번째로 시험을 본 이후에는 지은이의 결심에 따라 스터디원을 모집하여 4명이서 스터디를 하게 되었다. 1차 시험 직후 내가 보영이, 보리와 대만 여행을 하는 동안 지은이가 직접 스터디원을 모집하고 스터디 계획을 대강 다 세워주어서 나는 다 차린 밥상에 숟가락만 올렸다.

한국에 돌아온 바로 다음 날이 스터디 OT였는데, 피곤한 나머지 첫날부터 지각을 했다. 30대 정도 되는 스터디원 두 사람과 지은이가 나를 기다리고 있었다. 2차 시험을 대비하는 구체적 스터디 계획을 세우며 각자 가지고 있던 자료를 공유했다. 지은이도 작년에 1차 시험 스터디를 하며 친해진 학과 선배들에게 받은 자료를 많이 가지고 있었다. 하지만 나는 교과서 PDF 파일도, 교과서 분석 자료도 없어서 스터디원들에게 전혀 도움이 되지 못했다.

OT하는 1시간이 너무 길게만 느껴졌고, 아는 게 너무 없어서 입이 바짝 말랐다. 다른 스터디원들이 눈치를 주거나 소외시키지 않았는데도 스스로 부끄럽고 창피해, 할 수만 있다면 어딘가 들어가 숨고만 싶었다. OT가 끝난 후, 지은이는 내 마음을 읽기라도 한 것처럼 본인이 가진 자료를 내가 대신 스터디 밴드에 올리면 어떻겠냐고 조심스럽게 물어봤다. 솔직하지 못한 건 싫기 때문에 거절했지만, 표정만으로 내 마음을 잘 읽어주는 지은이에게 너무 고마웠다. 이런 형편없는 친구를 묻지도 따지지도 않고 스터디 그룹에 끼워준 것이 고마워서 이후로 스터디에 더욱 열심히 참여했고, 일주일에 3번 만나서 수업실연과 면접을 연습했다.

하루 공부하고 하루 스터디에 나가는 일정이 빠듯했지

만, 앉아서 전공책만 들여다보는 것보다 칠판 앞에 서는 것이 훨씬 행복했다. 같은 꿈을 꾸는 스터디원 모두가 최선을 다해 참여하니 어느새 나도 당연히 2차 시험을 보는 것처럼 몰입했다. 나의 수업실연이 계획한 대로 잘되고 스터디원들의 피드백이 긍정적인 날은, 당장 내일이라도 2차 시험을 봐도 문제없을 것처럼 자신감이 넘쳐나곤 했다.

가끔은 일타강사라도 된 양 몰입한 나머지 수업실연 스터디가 끝나고 현실 자각 타임이 와서 민망해지기도 했다. 하지만 1차 시험을 준비할 때보다 2차 시험을 준비하는 것이 내가 선생님이 되기 위해 지금 노력하고 있다는 걸 확연히 느끼게 해주었다. 진짜 수업인 것 같아 들뜨기도 했고 재미있었다. 그러다 불합격 통보를 받았을 때는 더 충격이 크고 아팠다.

모두가 열심히 했던 4명의 스터디원 중 지은이는 공립 1차 합격을 했고, 1명은 공립엔 떨어졌지만 차순위로 지원했던 사립 1차 합격했고, 나를 포함한 나머지 2명은 떨어졌다. 잔인하고 힘든 순간이었지만, 곧 합격할 것만 같이 두근거렸던 이 한 달의 시간 때문에 나는 또 다시 임용고시에 도전했다.

사립학교 선생님

 4학년이 되어 임용고시에 대해 진지하게 생각하고 공부할 무렵, 조별과제를 같이 했던 선배로부터 사립학교의 채용에 관한 이야기를 듣게 되었다. 그 선배는 몇 년 동안 임용고시를 준비하며 돈과 시간을 낭비할 바에야 1억 원을 '청탁'하고 사립학교에 들어가는 게 낫다는 말을 했다.

 나는 당시에 사립학교는 채용 경쟁률이 수백 대 일이고, 내정자가 있는 경우도 있고, 채용과정도 불투명하다는 이야기를 들어서, 그쪽은 생각하지 않고 있었다. 물론 1억 원은커녕 100만 원도 없었고, 청탁이라는 부정한 말을 입에 올리는 것조차 싫었다. 그래서 그런 선배의 말은 한 귀로 흘렸다.

 그러나 임용고시를 실제로 몇 년 동안 준비하며 친구들

과 가장 많이 한 농담이 "야, 우리 언제 합격해? 지금 1억 벌어서 사립 가는 게 빠르겠다."였다. 그만큼 임용고시에 합격하는 날까지의 앞날이 캄캄하고 힘들었기 때문이다. 별로 궁금하진 않았지만 임용고시 생활이 길어지다 보니 자연스레 사립학교의 교원 채용 절차에 대해서도 자세히 알게 되었다.

사립교사 채용 절차는 임용고시와 유사하게, 1차는 지필 시험, 2차 또는 3차에서 수업실연 및 면접 등을 치른다. 학교에 따라 4차까지 거치는 곳도 있다. 그런데 내정자가 1차 시험만 통과하면 수업실연 및 면접에서 높은 점수를 주고 부정으로 합격시킨다는 이야기는 아직도 많았다. 청탁까지는 아니더라도 그 학교에 오랫동안 기간제로 근무했던 사람이나 면접관과 학연, 지연이 있는 사람이 내정되어 있는 경우가 적지 않다고 했다. 1차에서 시험을 잘 보고 최종까지 가게 되더라도 결국에는 내정자에게 밀려나게 된다는 것이다. 실제로 내가 아는 사람은 내년엔 정교사 시켜준다는 말을 들으며 몇 년을 사립학교 기간제로 일하다가, 결국 이사장과 교장의 갑질에 못이겨 스스로 학교를 그만두고 다시 임용고시를 준비했다.

물론 모든 사립학교가 그렇지 않다는 것도 알고 있다. 내가 교생실습을 갔던 학교 역시 사립이었는데, 교생을 담당하던 선생님이 본인이 그 학교에 임용되었던 과정을 설명하며 교생들을 응원해주었다. 그 선생님은 음악 교과였는데, 본인의 음악 교과 관련 포트폴리오를 만들어 면접 때 활용했다는 것이었다. 이렇게 정당한 절차를 밟아 사립학교의 선생님이 되는 경우도 있다는 사실에 다행이라는 생각도 들었다.

교생을 한 달가량 하면서 사립학교 교사의 매력을 느끼기도 했다. 3~5년마다 학교를 옮기는 공립학교에 반해 사립은 계속 그 학교에 머물기 때문에 선생님들이 서로를 잘 알고 있다는 느낌을 받았다. 나처럼 낯을 많이 가리는 사람에게는 동료들과 친해지는 진땀 나는 과정이 학교를 들어갈 때 한 번이면 된다는 것이 큰 장점으로 느껴졌다. 또한 중학교와 고등학교 과학을 모두 수업 준비하지 않아도 되는 것이 좋을 것 같았다. 본인이 근무하고 있는 학교급의 과학 수업만 준비하면 되니 더 전문성 있게 수업을 할 수 있을 듯했다. 그리고 가장 부러웠던 것은 스승의 날을 맞이해서 졸업한 제자들이 많이 찾아온다는 것이다. 학창 시절의 학교와 선생님이 몇 년이 지나도 그대로 남아 있다는 것은 학생에게도 큰 선물일 것이다.

요즘엔 사립학교도 임용시험을 교육청에 위탁하여 깨끗한 채용 절차를 거치는 추세라고 한다. 물론 아무리 선배의 네트워크를 활용한다고 해도 학생 신분에서 채용 과정이 깨끗하고 조직문화가 좋은 사립학교를 찾는 게 쉽진 않을 것이다. 후배 사범대생과 교사 지망생에게 해주고 싶은 말은 '고시에 합격하느냐 마느냐'에 대해서 고민해야 하지만, 내가 공립학교와 사립학교 중 어느 성향인지, 교사가 된 이후에 성장하기 어느 곳이 나에게 잘 맞겠는지도 생각해보라는 것이다. 그후에 임고생이 될 것인지 바로 교사로 지원할 것인지 결정해야 한다고 생각한다.

꿈속에서 찾은 꿈

보영

    일상에서 정말 별것도 아닌 사건이 우리의 기분을 좌지우지하는 일은 생각보다 자주 일어난다. 최근 나의 기분에 영향을 끼치는 별것 아닌 일 중 하나는 바로 매일 아침 출근길에 타는 15번 버스다.

    기간제 교사로 출근을 시작한 지 2주쯤 되었을 때, 15번 버스의 배차 간격은 대략 10~15분이며, 5분 정도 오차가 있다는 것을 알게 되었다. 내가 일하는 학교는 버스 노선의 끝자락에 있고, 그 사이 무려 3개의 고등학교를 지난다. 고등학교를 3~4개를 지나는 노선의 아침 등교시간 버스 안을 상상해보라.

    버스 안은 학생들로 가득 차고 당최 알아듣기 힘든 급식체 대화로 시끄럽다. 한두 번 시끄러운 만원버스에 시달리고 난 후 출근 시간대를 바꿔보기로 했다. 아예 1시간 일찍 나서는 것. 아침잠이 너무 많아서 매일 아침 전쟁을 치러야 하지만 사람이 적은 조용한 버스를 상상하면 기분이 좋아져서 금세 몸을 일으키게 됐다.

가장 기분 좋은 날은 이런 날이다. 횡단보도에서 어플로 버스 도착시간이 1분 정도 남았다는 것을 확인하고, 신호등이 초록색으로 바뀌면 버스정류장까지 100m 정도 되는 거리를 전력질주하여, 막 멈춰선 15번 버스에 올라 기사님 뒤 세 번째 자리에 앉았을 때. 심지어 전력질주했는데도 하나도 숨이 차지 않을 때. 마치 하루를 알차게 시작하는 청춘 드라마의 주인공이 된 것 같아 기분이 좋아지곤 한다.

15번 버스 말고도 나를 기분 좋게 만들거나 기분 나쁘게 만드는 일은 많다. 아침 조회 시간에 유난히 아이들이 밝게 웃으며 인사를 해주었을 때. 월요일 1교시 수업 시간 매번 망치는 수업을 생각보다 무난하게 해냈을 때. 하루까진 아니더라도 적어도 몇 시간 동안은 나를 기분 좋게 만들어주고, 좋은 기분은 또 다른 좋은 일을 만들어내며 결국엔 온종일 나에게 긍정적인 영향을 미친다.

지금보다 더 단순한 생활을 하여 하루의 기분을 좀처럼 쉽게 바꿀 기회가 많지 않았던 임고생 시절에는 아침에 느껐던 감정이 하루를 장악해버리는 일이 많았다. 시험이 한 달 남짓 남았던 어느 날 있던 일이었다.

전날 온종일 풀리지 않는 문제와 씨름했는데 결국 해답을 찾지 못했다.

'나 지금까지 대체 뭘 공부한 걸까?'

갑자기 자괴감과 자책감에 빠져 그날은 괴롭고 착잡했다. 괴로운 하루를 보내고 찜찜한 기분으로 침대에 몸을 뉘었다. 그리고 그날 밤 정말 이상한 꿈을 꾸게 되었다.

꿈속에서 나는 알 수 없는 경쟁자들과 함께 자전거 대회에 출전했다. 그 대회는 1:1 경기인 1차전과 6명이 함께 경쟁하는 2차전으로 구성되어 있었다. 꿈속의 나는 대회 직전에 자전거 대회에 참가하게 되었다는 사실을 알게 되어 어리둥절해하고 있었다. 그 상태에서 갑작스레 1차전 경기가 시작되었다. 경기에 온전히 집중한 다른 선수들과 다르게 이 상황에 적응하느라 혼이 빠져 있던 나는 1:1 경기에서 얼굴도 모르는 상대에게 결국 패배하고 말았다. 페달을 열심히 구르는 동안 어느새 이 상황이 꿈이라는 것을 자각했지만 그 아무리 꿈속이라도 패배는 씁쓸한 일이었다.

어떤 경쟁에서든, 누구든, 패배를 반복하여 겪는다는 것은 절대로 익숙해지지 않는 기분 나쁜 일이다. 1차전에서의 마음의 상처를 채 회복하기도 전에 6명의 선수들이 함께 치르는 2차전 경기가 시작되었다. 단순한 코스를 빠르게 달려야 했던 1차전과 달리 2차전 경기는 어렵고 복잡한 코스를 빠르게 통과해야 했다.

이번에도 역시 스타트와 동시에 5명 선수들의 뒤꽁무니를 간신히 쫓으며 불길한 패배의 기운을 느끼고 있던 찰나, 갑자기 나에게 꿈이 아니었다면 가능하지 않았을 초인적인 힘이 생겨나면서 구불구불하고 아찔한 좁은 낭떠러지 커브 길에서 멋진 코너링을 선보이며 극적으로 모든 선수들을 제치고 역전했다. 그 뒤로 선수들은 내 속도를 따라오지 못했고 결국 나는 1등으로 피니시 라인을 통과하며 우승컵을 차지했다.

1차전 경기에서 상대 선수에게 패배한 뒤 얼떨떨하고, 긴장 가득한 마음으로 2차전 경기를 치렀는데, 꼴등으로 스타트를 끊어 희망이라곤 눈을 씻고 찾아보아도 없었던 그 상황에서 나에게 말도 안 되는 일이 벌어지며 결국엔 1등을 차지하게 된 것이다. 이 모든 것이 꿈이라지만 너무 짜릿했다. 엄청난 성취감으로 가슴이 터질 것 같았다. 앞으로 나에게 어떤 시련이 주어진들 모두 이겨낼 수 있을 것 같았고, 용기와 희망이 느껴졌다.

꿈에서 깼는데도 꿈속에서 느낀 벅차고 기쁜 감정이 살아 있었다. 전날은 부정적인 감정으로 가득했는데, 오늘은 풀지 못했던 문제도 풀고 더 어려운 문제도 풀어냈다. 심화개념까지 공부하며 보람찬 하루를 보냈다.

지금 생각해보면 정말 아무것도 아닌 꿈이었는데 그 꿈 때문에 잠에서 막 깨어났을 때 나의 용기와 희망 게이지가 99% 채워지다니. 이렇게 인간은 인생을 살아가면서 생각지도 못한 것에 넘어질 수도, 다시 일어날 수도 있다는 것을 깨닫게 되었다. 꿈속의 내가 정체불명 자전거 대회에서 승리를 얻어 현실의 나에게 필요한 용기와 희망을 주었던 것처럼 말이다.

어쩌면 많은 사람들이 반복되는 일상 속에서 하루, 하루가 모두 똑같다고 느끼곤 하겠지만 그 하루 속에서 발견한 작은 개미 한 마리 때문에, 머리칼을 흐트러뜨리고 지나간 신선한 바람 한 점 때문에, 머리 위로 쏟아지는 따뜻한 햇볕 때문에 나도 모르는 사이 기분이 달라지고 있었는지도 모르겠다.

어차피 몰랐던 거 우리는 우리에게 일어나는 일들을 우리 마음대로 해석할 필요가 있다. 하고 있던 일이 잘 풀리지 않는 날에는 '어차피 지나갈 일'이라고 생각하며 마음을 편안하게 만들어주고, 어쩐지 기분이 좋은 날에는 '앞으로 내 인생은 지금과 같을 거야.'라고 생각하며 뇌를 속이는 것이 필요하다.

내가 꿈속에서 꿈을 되찾은 것처럼, 우리의 의식적인 생각이 정말 하루의 생각을 바꿔줄 수 있을지도 모르니까.

돈 없으면
고시 공부도 못 한다

'돈이 행복의 전부는 아니지만, 돈 없이 행복하기는 어렵다.'

2017년 나는 돈 없는 백수가 되었다. 그냥 백수가 아니라 '돈이 없다'는 게 중요하다. 타고난 집순이인 나에게 백수는 몸에 딱 맞는 옷을 입은 듯 편안했다. 하지만 나는 백수 중에서도 '임고생'의 신분을 가지고 있었기에 방에서 뒹굴거리며 몇 날 며칠을 보낼 수만은 없었다.

독서실을 다니기 시작하자 밖에서 숨만 쉬고 있는데도 돈이 쭉쭉 빠져나갔다. 고등학교 때 이용했던 독서실은 비싸야 한 달에 11만 원이었는데, 요즘은 프리미엄 독서실이나 집중관리형 독서실, 스터디 카페 등 고급스럽고 편리한 시설을 갖춘 독서실이 생겼다. 이용료는 한 달에 20만원. 지역 도서관은 멀기도 했고, 열람실에 문을 열고 들어가는 순간부터 느껴지는 수십 개의 예민하고 따가운 시선 때문에 숨이 쉬어지지 않아 포기했다.

식사도 하루에 한두 끼는 밖에서 해결하는 경우가 많아서 식비도 꽤 들었다. 집에서 해결할 수도 있지만, 집에 한번 들어오면 다시 독서실로 나가기 싫어진다. 밥 먹고 소화시킨다고 쉬다 보면 3시간은 족히 눌러앉아 있게 되는 것이 인지상정. 독서실비, 식대, 커피값, 간식, 문구류, 책값…. 주말 알바로 버는 30~40만 원으로는 충당이 안 되었다.

무엇보다 고시생 지출비 중 가장 큰 비중을 차지하면서 스트레스를 주는 것은 바로 인터넷 강의 비용이었다. 독학만으로 생명과학 전공, 생물교육론, 교육학, 이 세 영역을 끝내기는 어려웠다. 한 영역에서도 기본이론 강의, 심화이론 강의, 기출해설 강의, 예상문제 강의, 모의고사 강의 등 종류가 많았는데 이 중 하나만 듣기도 불안했다.

부족한 부분만 골라서 수강한다는 건 장수생이 되어서나 할 수 있는 전략이고, 초수생이나 재수생은 대부분 1년 과정을 모두 다 듣는 경우가 많다. 나도 그렇게 듣고 싶었지만 한 영역의 1년 과정을 다 들으려면 100만 원이 넘게 들었다. 세 영역을 신청하면 대학교 한 학기 등록금 정도가 된다. 돈 없으면 고시 공부도 못한다는 말이 맞다. 이런 사정으로 내가 듣고 싶은 강의를 모두 다 듣지 못하고 일부만 선택해야 한다는 게 속상했다.

하지만 그 무엇보다 나를 서럽게 한 것은 기타 비용이었다. 공부하는 데 필요한 돈은 간간이 부모님의 지원을 받았지만, 정말 숨만 쉬고 살 수는 없으니 종종 친구를 만나거나 화장품이라도 사야 할 때 돈이 여유가 없다는 사실에 슬퍼졌다. 상황이 이렇다 보니 선배에게 빌려준 2만 원을 돌려받으려고 애를 쓰고 친구들을 만날 때 더치페이를 어떻게 할지 꼼꼼히 계산하고 필요한 물품이 있어도 몇 번이나 살까 말까 고민하는 모습에 초라하고 우울해지기도 했다.

사수생, 오수생을 할 때는 요령이 생겨, 알바 시간을 더 늘리고, 청년 구직 지원금이나 기간제 교사의 월급, 실업급여 등을 받으며 금전적으로 여유로워졌다. 돈을 얻고 공부할 시간을 잃은 느낌이긴 했지만, 확실히 경제적으로 여유로우니 마음이 편안하긴 했다. 커피도 마음대로 사 마시고, 듣고 싶은 강의를 걱정 없이 들을 수 있었다.

나에게 돈이 부족했다는 이유만으로 임용고시에 몇 번이고 떨어졌던 것이 다 설명되지는 않지만, 돈이 많았더라면 그래도 고시생활이 마냥 답답하지만은 않았을지도 모르겠다.

이때는
원래 그런 거예요

보영

　며칠 전 피곤함에 찌들어 귀차니즘의 끝을 달리며 세수를 대충했던 탓인지 얼굴에 뾰루지가 잔뜩 생겨났다. 평소 피부가 좋다는 소리를 깨나 듣는 편인데 피부가 엉망이 됐다. 그래도 괜찮았다. 십수년간의 노력 끝에 피부의 상태가 나빠졌을 때 어떤 방법을 써야 하는지 이미 알고 있기 때문이다. 이럴 때는 세수를 깨끗하게 하고 기초 화장품을 바를 때 수분 충전에 신경 쓰면 된다. 그래도 잘 해결이 되지 않을 때는 응급용 수분 팩을 하면 90% 이상 피부가 좋아지게 되어 있다. 하지만 이러한 방법이 처음부터 통한 것은 아니었다. 피부에 좋다는 어떠한 방법을 사용해도 전혀 통하지 않았던 때가 있었다.

　초등학교 고학년, 남들보다 빠른 시기에 2차 성징이 시작되었다. 호르몬과 몸의 변화가 생기며 중학생 때부터 늘 내 얼굴에는 여드름 친구들이 함께했다. 외모에 신경을 쓰기 시작하며 나에게 있어서 여드름은 철천지원수와도 같은 존재가 되었다. 여드름을 없애기 위해 인터넷으로 여드름에 좋다는 온갖 방법을 찾아 실천에 옮겼다. 소주에 레몬 슬라이스를 담가 화장수 대용으로 사용하면 여드름이 사라진다는 어떤 블로거의 후기를 보고 엄마에게 소주와 레몬을 사다달라고 조르기도 했고, 녹차 티백을 물에 적신 상태로 얼려서 자기 전에 팩 대용으로 사용하면 여드름이 사라진다는 어느 연예인의 피부 비결을 보고 밤마다 실천해보기도 했는데 모두 무용지물이었다.

결국 속상한 마음을 안고 피부과를 찾아갔다. 나는 의사선생님 앞에서 세상에서 제일 힘들다는 표정을 지어 보이며 여드름을 없앨 방법을 당장 내놓으라는 마음을 전했다. 하지만 나의 기대와 달리 의사 선생님이 하신 말씀은 절망적이었다.

"이때는 원래 그런 거예요."

지금은 어떠한 처방을 해도 치료를 해도 여드름이 계속 생겨날 시기라고 하셨다. 그리고 형식상 바르는 약과 지금은 흔하지만 그때는 귀했던 알로에 수딩젤을 (그것도 무려 값비싼 수입산으로) 처방해주셨다. 그 약을 받고 나서, 이때는 원래 그럴 수밖에 없다는 의사 선생님의 말을 잊어버리

나는 임고생이고

고 말았다. 아니, 잊기로 했다.열심히 약을 바르고 수딩젤을 바르며 피부 관리를 했다. 그리고 약과 수딩젤이 떨어지면 또 피부과에 가서 처방을 받았다.

매번 병원을 찾아갈 때마다 이래봤자 소용없다며 같은 처방전을 써주시던 의사 선생님은 내가 얼마나 바보 같아 보였는지 이런 말까지 하셨다.

"서른 살 이전에 피부과에 오는 것은 돈 낭비예요."

그런 선생님의 조언에도 불구하고 내 인생 중 피부과를 가장 많이 다녔던 때가 다름 아닌 10대, 사춘기 그 무렵이었다.

스무 살이 되자 거짓말처럼 피부가 좋아졌다. 그렇게 병원에 가고, 돈을 쓰고, 약을 발라도 낫지 않았던 여드름이 성인이 되자 사라졌다. 딱히 노력을 하지 않아도 피부가 좋아졌다. 지금 와서 피부과를 학교 다니듯 열심히 출석했던 10대의 내가 참 어리석었다는 생각이 들었다. 의사 선생님이 계속 피부과에 다녀도 소용이 없는 상황이라는 것을 알려주셨음에도 불구하고 나는 스스로 거짓된 희망을 만들어 쓸데없이 시간, 돈, 노력을 들였던 것 같다는 생각이 들었다.

그런 데에는 나름의 이유가 있었다. 성인이 되기 전까지 나는 실패라고 부를 만한 일을 단 한 번도 겪어본 적이 없었다. 어떤 일이든 노력하면 분명 성과를 냈고, 운이 좋아 노력한 것보다 더 좋은 성과를 얻을 때도 많았다. 아마 내가 가지고 있었던 모범생이라는 평판이나 활발한 성격이 그런 결과를 만드는 데에 기여하지 않았나 싶다. 하지만 성인이 되고 임용고시라는 시험을 준비하며 몇 번의 실패를 거듭하자 세상에 노력해도 되지 않는 일이 있다는 것을 늦게나마 깨닫게 되었다.

나에게 있어서 임용고시는 여드름 같은 거였다. 어떤 노력을 해도 괜찮아지지 않는 시기가 있는 여드름처럼 어떤 노력을 해도 내가 합격할 수 없는 시험이 존재했던 거였다. 세상의 수많은 일 중 어떤 일은 내가 아무리 노력해도 바꿀 수 없는 것도 있는 건데 그땐 그걸 인정하고 싶지 않았는지도 모른다. 그걸 인정하고 나니 10대의 내가 참 가엾게 느껴졌다. 아무것도 알지 못해서 더 열정적이었고, 더 노력했던 그때의 내 절실함이 아무것도 아닌 것처럼 느껴져서.

나의 마지막
시험이 끝나고

보영

그날은 눈비가 내렸다. 눈이 비처럼 추적추적 내리니 현진건의 단편소설《운수 좋은 날》이 연상됐다. 눈답지 않은 그 눈은 첫눈이었다. 임용고시 시험장으로 향하는 이른 아침에 첫눈이 왔다. 눈길 운전에 긴장한 듯 보이는 아빠와 다르게 나는 창밖으로 내리는 눈을 보며 조금 설레는 마음으로 오늘의 행운을 빌었다.

첫눈 덕분이었을까? 시험장에 도착해 자리에 앉았을 때 왠지 이번에는 잘될 것만 같은 기분이 들었다. 이유는 없었다. 말로 설명할 수 없지만 그냥 그런 느낌이 들었다. 1교시 교육학 시험지를 받았을 때 처음 보는 용어가 문제로 나왔지만 당황하지 않고 아는 대로 답안을 작성해 나갔다. 2교시 전공A과 3교시 전공B의 모든 문제를 풀지는 못했지만 지난 2번의 시험보다 훨씬 많은 문제들을 풀었고 내용도 더 풍성하게 작성한 답안지를 제출했다.

한나절도 안 되는 시간 동안 시험을 치르고 시험장을 나섰는데, 지난 2번의 시험 때와는 기분이 달랐다. 예전에는 시험장을 나설 때마다 잘 치르지 못했다는 생각이 들어 괴로웠었다. 그런데 이번에는 아쉬움이 거의 느껴지지 않았다. 오히려 홀가분했다. 그래서 더욱 확신했다. 이번에는 뭔가 달라도 다르겠구나 하고. 가족과 함께 점심도 저녁도 아닌 시간에 식사를 하고 집으로 돌아와 아무것도 하지 않았다. 정말 웃기게도 1년 동안 열심히 공부하고 기억했던 것이 1차 시험 하나 끝났다고 머릿속에서 모두 사라진 느낌이었다.

엄마와 아빠는 나의 시험 점수가 궁금하셨을 텐데 혹시나 내가 스트레스를 받을까 봐 아무 내색을 하지 않으셨다. 실제 시험 결과가 나오기 전까지 시험지를 쳐다보지 않을 생각이었는데 올해에는 뭔가 다르다는 느낌이 자꾸만 들어서 가방 속에 고이 접어두었던 시험지를 꺼내고야 말았다. 예비 과학교사들이 드나드는 '물화생지' 카페에 들어가니 이미 시험지 답안을 두고 '이게 맞다' '저게 맞다' 하며 논쟁이 벌어지고 있었다. 그중 신빙성 있어 보이는 예시 답안을 열어보았다. 빨간 색연필이나 볼펜은 들지 않았다. 기쁜 소식일수록 더욱 신중하게 알려야 한다고 생각했기 때문이었다.

　방문을 꼭 닫고 아무도 모르게 한 손엔 시험지를 들고, 나머지 손으로는 마우스 휠을 조작하며 두 눈을 바쁘게 움직이며 채점을 했다. 채점을 하면 할수록 심장이 점점 빠르게 뛰고 빠르게 뛰는 심장을 감당하지 못해 머리가 아찔해져왔다. 채점은 그리 오래 걸리지 않았다. 점수 계산 역시 오래 걸리지 않았다. 눈으로 동그라미를 쳤던 번호가 몇 개 되지 않았기 때문이다. 채점 결과 내 점수는 정말이지 형편없었다.

　정말 안타깝게도 졸업하던 해에 형식상 보았던 첫 시험 점수와 그다음 해에 1년 내내 도서관을 다니며 열심히 공부해서 보았던 두 번째 시험 점수가 비슷했다. 시험이 끝난 후 원인을 분석해본 결과 '공부 방법' 이외에 그럴싸한 이유를 찾지 못했다. 그리고 세 번째 시험을 위해 정말 성실하게 공부했다. 이번에는 내가 부족하다고 느꼈던 과목의 인터넷 강의를 듣기도 하고, 새로운 더 많은 전공 서적에 나오는 화학 반응을 정리도 하고, 가을에는 노량진 학원에서 하는 모의고사 해설 강의도 들었는데, 그렇게 노력했는데 그 전과 점수가 비슷했다.

　절망감, 좌절감, 패배감, 자괴감…. 온갖 부정적인 생각이 한번에 몰려오면 다른 쪽으로 해탈의 경지에 오른다는 걸 그때 처음 깨달았다. 합격 커트라인 두 자리 숫자가 임용고시를 준비하던 나의 지난 3년이라는 시간을 아무것도 아니었다는 듯 비웃는 것만 같아 허탈함에 웃음이 터져 나왔다. 그리고 곧 시험지를 채점하던 시간보다 더 빠르게 결정을 내려버렸다.

'이제 그만하자.'

포기라면 포기였고, 선택이라면 선택이었다. 남들이 나의 결정을 어떻게 부르든 상관없었다. 분명 임용고시를 그만두는 다른 사람들과 다를 것 없다고 하겠지만 나에겐 확실히 다른 이유가 있다.

내가 임용고시를 그만두는 이유는 이번에도 합격하지 못했기 때문이 아니라 이번에도 작년과 다르지 않았기 때문이었다. 더 이상 밑 빠진 독에 물 붓는 바보 같은 일은 하고 싶지 않았다. 나는 선생님이 되고 싶었을 뿐이다. 몇 년이나 고시 공부를 하고 시험 준비만 하려고 사범대에 갔던 게 아니다.

그날을 되돌아보니 어쩐지 '기분이 좋다' 싶었다. 애써 무시해왔던, 근거 없는 기쁨 뒤에 가려진 뻔한 슬픈 결말을 직접 직면하고서야 비로소 깨달았다. 김첨지가 집으로 돌아와 이미 숨을 거둔 아내의 입에 설렁탕을 넣으며 '왜 먹지를 못하누⋯.' 하며 울부짖었던 것처럼.

그렇게 내 인생 마지막 임용고시가 끝이 났다.

나는 임고생이고

수정이에게
보내는 편지

　올해도 무사히 버텨낸 네가 자랑스럽고 대견해. 시험이 끝나고 너에게 가장 먼저 해주고 싶은 말이었어. 사실은 내가 듣고 싶은 말이기도 해. 결과가 어떻든 중요하지 않아. 지난 1년간 네가 얼마나 노력했는지 알기 때문에 그 노력만으로도 너는 충분히 잘했어. 정말 잘했어.

　수정아. 너는 언제부터 선생님이 되고 싶었니? 조금 뜬금없는 질문이지만 내가 지금부터 하려고 하는 이야기를 시작하기 위해 꼭 필요한 질문이라 적어본다. 나는 말이야. 선생님이라는 직업을 알게 된 미취학아동일 때부터 선생님이 되고 싶다는 생각을 했어.

　피아노를 좋아했던 일곱 살 때는 피아노 선생님이 되고 싶었고, 담임 선생님과 하루 종일 시간을 보냈던 초등학생 때는 담임 선생님이 되고 싶었어. 중학생이 되어서 과학이라는 과목에 흥미를 느끼고 나서는 과학 선생님이 되고 싶었지. 그때부터 지금까지 죽 과학 선생님이 되는 것이 나의 많은 꿈 중 가장 이루고 싶은 꿈이 되었어.

어쩌면 우리처럼 선생님이 되기를 꿈꾸는 많은 사람들 대부분이 나처럼 아주 옛날부터 선생님이 되고 싶다고 생각하지 않았을까? 대학생 때 술자리에서 할 이야기가 떨어지면 어색함을 깨기 위해 선배들이 우리에게 최후의 질문을 했었지?

"우리 학과에 왜 지원하게 되었니?"

그때 동기들이 했던 대답들을 떠올려보면 대부분 비슷했던 것 같아.

그런데 그거 알아? 우리가 되고 싶었던 선생님은 늘 임용고시를 합격해 1급 정교사 자격증을 취득한 정교사였다는 거 말이야. 어느 순간부터 그 누구도 "제 꿈은 정교사가 되는 것입니다."라고 말한 적이 없는데 우리는 무의식중에 우리가 되고 싶은 그 선생님이 정교사라는 것을 알고 있었던 것 같아. 하지만 어릴 때 내가 되고 싶었던 건 그냥 선생님이었어. 정교사인지 아닌지는 중요하지 않았지.

물론 그때 난 정교사와 기간제 교사의 개념을 몰랐지만 사범대학을 졸업하면 당연하듯 임용고시를 치르게 되는 분위기와 이왕이면 다홍치마라고 기간제 교사보다는 정교사가 되길 바라는 부모님의 기대. 그리고 기간제 교사와 정교사에 대한 사회의 차별 때문에 등 떠밀리듯 지금껏 나 스스로 정교사가 되고 싶다고 착각하고 있었던 것 같아.

수정아. 언젠가 내가 모의고사 점수가 낮게 나와 힘들어할 때 네가 나한테 해줬던 말을 혹시 기억하니? 너는 내가 드라마 〈쌈, 마이웨이〉의 최애라와 닮았다고 했었어. 아나운서가 되고 싶어 여러 번 시험에 도전하지만 아나운서 자격을 평가하는 방식이 최애라와 맞지 않아서 자꾸만 시험에서 떨어지는 것이 나의 상황과 비슷하다고 말이야. 시험 당락 여부와 관계없이 그 자체로 이미 훌륭한 아나운서인 최애라처럼 나 역시 임용고시 합격 여부와 상관없이 이미 좋은 선생님이 될 수 있는 조건을 가졌다고 말이야.

너의 말을 한번 믿어보려고 해. 내가 정말 이미 좋은 선생님이 될 수 있는 조건을 가졌는지 말이야. 임용고시가 아닌 다른 방법으로 내가 선생님으로서의 자격을 갖추었는지 평가해보려고 해. 왜냐하면, 나는 선생님이 되고 싶었던 거지 시험을 보고 싶었던 게 아니었거든. 그래서 나 이제 임용고시 공부를 그만두고 선생님이 되어보려고. 학교로 가서 학생들에게, 동료 선생님들에게 진짜 선생님으로서의 나로 인정받고 싶어.

지금까지 그래왔던 것처럼 내가 잘할 수 있도록 응원해줄래?

PART III

지혜로운 기간제 교사 생활 1

_ 나는 기간제 교사입니다

김보영

초등학교 선생님이 되다

"그 언니 요즘 뭐해?"

"초등학교에서 근무한다던데?"

그 선배 이야기를 들으며 초등학생을 좋아하거나 초등학교 근무 방식을 선호하나 보다 했다. 나의 선택지 중에는 초등학교가 없었다. 나는 늘 중학교 혹은 고등학교에서 근무하는 모습을 상상했다.

3년 동안 나의 젊음을 바쳤던 임용고시를 접은 후, 처음으로 기간제 교사 자리를 알아보았다. 대학교 때 공부하는 모습을 본 적이 없는 몇몇 선배들도 쉽게 기간제 자리를 구하는 것을 보았던 터라 솔직히 임용고시에 비하면 기간제 교사가 되는 일은 누워서 떡 먹기일 것 같았다.

기간제 교사가 되는 방법은 크게 3가지가 있다.

첫 번째, 가장 기본적인 방법으로, 시도 교육청 홈페이지에 있는 기간제 교사 구직 게시판에 올라오는 공고를 보고 학교 채용 조건에 맞추어 지원하는 것이다.

두 번째로는 졸업한 선배들이 교수님이나 학과 사무실에 기간제 교사 채용 건으로 연락을 하면 공지를 기다렸다가 지원하는 방법이 있다.

세 번째 방법은 주변 인맥을 활용하는 것이다. 역시 대학 선배들의 인맥을 이용하는 것이기 때문에 두 번째 방법과 비슷하다. 사실 두 번째와 세 번째 방법으로만 기간제 교사 자리를 구하는 것은 매우 어렵다. 언제, 어떤 지역의, 어떤 과목에서 자리가 날지 모르기 때문이다.

나는 오직 첫 번째 방법으로 기간제 교사 자리를 구했다. 두 번째 방법으로 자리를 구했다가 어쩌다 실수라도 하면 교수님 얼굴에 먹칠을 하게 되는 것일까 봐 두려웠고, 주변 인맥에 기대고 있기에는 기회가 너무 없었다.

교직에 나서는 것이 처음이라 중학교에 교생 실습을 나갔던 경험을 살리기 위해 처음에는 중학교 위주로 지원을 했다. 그렇게 몇 장의 서류가 통보도 없이 거절당하기 시작하자 불안한 마음에 고등학교 화학I, 화학II에도 지원을 했으며, 가르치기 어렵다고 소문난 통합과학 자리에도 지원했다. 하지만 모두 1차 서류에서 탈락했고 어느 곳에서도 연락이 오지 않았다. 그렇게 더 이상 지원할 학교도 나오지 않자 자연스럽게 선택지 마지막 칸에 초등학교를 만들어 넣기 시작했다.

초등학교에 지원을 하기는 하면서도 내가 과연 초등학생들과 잘 소통할 수 있을지, 잘 가르칠 수 있을지 계속해서 나를 의심했다. 나를 만난 아이들에게 미안한 일이지만 임용고시를 그만두기로 한 이상 나도 일을 구해야만 했기 때문에 여러 초등학교에 지원을 했다. 그리고 정말 다행스럽게도 몇 군데 초등학교에서 연락이 왔고 고심 끝에 집과 가장 가까운 곳에 위치한 초등학교와 계약을 하게 되었다.

초등학교는 학년에 따라 다르지만 과학, 체육, 음악, 영어 등 몇 과목을 제외한 모든 과목들을 같은 교실에서 담임 선생님이 가르친다. 제외된 과목들은 교과 전담 선생님이 가르친다. 초등학교에 교과 전담 교사제가 시행된 건 1992년부터인데, 과학 전담 교사제는 2000년부터 시행되고 있다.

나는 5학년 아이들을 가르치게 되었는데 5학년이면 수업 수준을 어느 정도로 맞춰야 할지 걱정이 되어서, 교과서도 연구하고 교과서에 사용된 어휘 수준도 고려하여 수업 준비를 했다. 그런데 막상 아이들을 만나고 나니 쓸데없는 짓을 했구나 싶었다. 아이들은 호기심도 많고 나 때(라떼)와는 비교도 안 될 정도로 똑똑했다.

초등학교 선생님들이 가장 기피하는 학년이 5학년이라

고 했다. 아이들마다 성장 속도가 다른데, 차이가 가장 크게 벌어지기 시작하는 시기가 바로 5학년 때라는 것이다. 여기서 말하는 성장 속도란 신체적인 변화를 말하기도 하지만 아이들의 어휘력, 이해력, 사회성 등 모든 면을 포함한 것이다. 그래서 몇몇 학생은 벌써 중학생이 된 듯 의젓해 보였지만 또 몇몇 학생은 아직도 초등학교 저학년마냥 주의가 산만하고 수업에 집중하지 못했다.

과학 시간에는 학생들이 과학실로 이동해서 수업을 받는다. 과학의 이론과 개념이 중심이 되는 중고등학교와 다르게 초등학교에서는 과학의 재미있는 현상을 탐구하고 체험하는 활동이 중심이 되었기 때문에 매 수업마다 해당하는 활동, 즉 실험을 수행해야 했다.

초등학교 과학 실험은 간단했지만 30명 남짓 되는 '어린' 학생들을 데리고 넓은 과학실에서 매 시간마다 실험을 하는 게 여간 어려운 일이 아니었다. 처음에는 긴장을 많이 했던 탓에 아이들 앞에서 실수하지 않으려고 아이들이 하교한 후 과학실에 남아서 예비실험을 하기도 했지만 빠른 속도로 내 수업 방식을 받아들이는 아이들 덕분에 점점 노하우가 생겨났다.

초등학교 과학 수업은 체력적으로 많이 힘들었지만 부담감이 크지는 않았다. 우선 아이들이 학습하는 내용은 기초 과학 수준이기 때문에 따로 공부를 해야 하는 일이 적었다. 물론 처음에는 아이들이 초등학생이라는 것을 자꾸 깜빡하는 바람에 중고등학교 교육과정에 있는 단어들을 수업 중에 말하곤 했는데 그럴 때마다 아이들의 순수함이 나를 웃게 만들기도 했다.

"용액의 농도를 구별하는 방법은…"

"네? 농구요?"

"아차차…. 용액의 진하기를 구별하는 방법은…"

또 아이들이 과학에 흥미를 갖게 만드는 것이 중고등학생들에 비해 쉬웠다. 수업 시간 중에 과학과 관련된 재미있고 신기한 이야기를 해주면 아이들은 마치 나를 〈해리포터〉 영화에 나오는 덤블도어 교수님을 본 것 마냥 눈을 반짝이며 감탄했다. 그리고 아이들의 그런 작은 반응과 달라지는 모습을 보는 것도 좋았다.

처음에는 나의 선택지에 없었다는 이유로, 생각지도 못했다는 이유로 초등학교에서 근무하는 것을 일회성으로 생각했었다. 그런데 아이들을 가르치는 동안, 아이들과 교감하는 동안 느낌이 좋았다. 학생들의 밝고 순수한 에너지를 느끼니 초등학교에 계속 남고 싶어졌다. 무엇보다 어떤 학교에서든 계속 선생님을 할 수 있다는, 해야겠다는 동기가 더 강해졌다.

그렇게 어른이 된다

"네가 어른이 되었다고 느낄 때가 언제야?"

수정이와 나는 종종 이런 질문을 서로에게 하곤 했다. 특히 임용고시 공부를 하며 '나' 자신에 대해 생각할 수 있는 시간이 많을 때 '만약에~'로 시작하는 질문을 많이 했었다.

내가 어른이 되었다고 느껴졌을 때는, 가지가 맛있다고 생각했을 때다. 주민등록증을 발급받았을 때, 수능 끝나고 친구 집에서 처음 맥주를 마셔보았을 때, 대학교에 입학했을 때도 아니다.

어릴 때부터 나는 가지는 입에도 대지 않았었다. 보라색 껍질, 노란색도 연두색도 아닌 속살, 우선 시각적으로 거부감이 들었다. 게다가 말랑말랑한 것도 부드러운 것도 아닌 물에 빠진 버섯 같은 어정쩡한 식감이 별로였다. 그런 가지가 어느 순간부터 맛있다고 느껴졌는데 정확히 언제였는지는 모르겠지만 그 순간 내가 느꼈던 감정만큼은 정확히 기억하고 있다.

　'가지가 맛있다니! 드디어 나도 어른이 되었구나!'

　때론 일상 속에서 일어나는 별 것 아닌 사건으로 나의 성장을 확인하게 될 때가 있다.

　초등학교 과학 수업은 대개 모둠별로 진행할 때가 많다. 그날도 나는 학생들에게 모둠별로 토의를 하라고 했고, 토의가 끝난 모둠은 모둠장이 토의 결과를 발표했다. 나는 손바닥을 위로 뻗어 학생들의 발표 의견 수만큼 손가락을 하나씩 접고 있었다. 그때였다. 내 집게손가락 위로 빠르게 무언가가 지나갔다. 그 무언가의 정체가 벌이라는 것을 깨달았을 때 단전에서부터 비명이 밀려왔지만 순간 머릿속으로 과학실에 나만 바라보고 있는 27명의 아이들의 얼굴이 보였다. 아이들 중에는 분명 벌의 'ㅂ'자만 들어도 벌벌 떨며 무서워하는 아이가 있을 것이고, 자신과 다르게 생긴 생명체라면 호기심에 물불 가리지 않고 달려들 아이도 있을 것이었다. 그래서 나는 밀려오는 비명을 삼키며 최대한 아무렇지 않게 침착한 목소리로 아이들에게 교실에 벌이 들어왔다는 것을 알렸다.

"얘들아, 잠깐만. 과학실에 벌이 들어왔네."

내 말이 끝나기 무섭게 "꺅~!" 하고 비명을 질러대는 아이도 있었고, 소매를 걷어붙이며 자리에서 일어나 당장이라도 벌 사냥을 나갈 채비를 하는 아이도 있었다. 나는 아이들에게 "자리에 앉으세요." "선생님이 벌을 밖으로 내보내줄게요." "진정하세요."라는 말을 반복하며 27명의 아이들을 달래며 벌을 찾았다.

과학실에 벌이 있다는 것을 알게 된 그 순간부터 고개를 하늘로 치켜들고 있던 아이들은 머지않아 창문에 앉아 있는 벌을 가리키며 소리를 질러댔다.

"선생님! 저기 벌 있어요."

오른손에 빗자루를 왼손에 쓰레받기를 비장하게 들고 떨어지지 않는 발걸음을 재촉하며 벌이 있는 창문으로 다가갔다. 다행스럽게도 아이들은 차분하게 자신의 자리에 앉아 나와 벌의 대치 상황을 조용히 지켜보았고 나는 아이들의 기대어린 눈빛에 없는 용기를 쥐어 짜내며 빗자루를 벌에게로 조금씩, 조금씩 뻗어보았다. 하지만 결코 빗자루는 쉽게 벌에게 닿을 수 없었다. 왜냐하면 나는 과학실 안에 있는 그 누구보다도 벌을 무서워한다고 장담할 수 있기 때문이다.

과학실에는 27명의 12살 어린이들이 꽉 차 있다는 사실이 믿어지지 않을 만큼 정적이 흘렀다. 그 순간 나는 더 이상 나의 두려움으로 아이들의 소중한 수업 시간을 빼앗으면 안 되겠다는 판단을 하게 되었다. 그리고 정말 죽을 각오로 빗자루로 벌을 덮쳤다. 나의 간절한 바람이 통한 것인지 5초도 되지 않는 시간 만에 벌은 창밖으로 나갔다. 정말, 정말, 정말 다행이었다.

가까스로 수업을 마치고 쉬는 시간을 알리는 종이 치자마자 나는 책상에 쓰러지듯 엎드려버렸다. 그제야 아이들 앞에서 감추고 있던 공포감과 긴장감이 한번에 몰려오며 몸이 축 처졌다.

아이들 앞에서 어쩔 수 없이, 억지로 용감한 척을 해야 하는 순간이 종종 있다. 대학생 때 중학교로 교육 봉사를 다닌 적이 있었는데, 하루는 개구리 해부 실험을 해야 했다. 나는 강아지와 고양이도 못 만지는데, 그것도 개구리, 그것도 해부라니! 징그럽고 무섭고 정말 하기 싫었다. 하지만 나보다 더 무섭다고 난리 치는 아이들 앞에서 생명 윤리를 운운하며 요동치는 내 심장과 함께 아이들을 진정시켜야만 했다.

실험 중 비커가 깨졌을 때도 당황하지 않고 아이들의 안전을 살피며 평소 내 모습과는 달리 침착하게 대응해야 하고, 불을 쓰는 실험을 하는 날이면 성냥이 발화할 때마다 매 순간 내 심장도 타오르지만 태연한 척해야 한다.

그때도 지금도 그리고 아마도 앞으로도 여전히 난 그대

로 겁쟁이일 테지만 아이들 앞에서만큼은 절대 티를 낼 수 없을 것이다. 그리고 이제 내 감정을 그대로 드러내면 안 된다고 생각할 때 점점 어른이 되어 가고 있음을 느낀다.

내재적 동기,
외재적 동기

몇 년 전 SNS에서 유행했던 글이 있다. '학생과 선생님 중 누가 더 학교에 가기 싫을까요?'라는 제목이었는데, 학생 때는 당연히 학생이 더 학교에 가기 싫을 거라고 생각했었는데 성인이 되고 보니 선생님이 더 학교에 가기 싫을 것 같다는 것이다. 왜냐하면 학생은 학교에 가면 친구가 있지만 선생님은 학교에 가면 친구는커녕 직장 동료와 상사만 있을 뿐이기 때문에.

임용고시 기간 동안, 교육학 공부를 오래 해온 덕분에 학습에 있어서 내재적 동기가 외재적 동기보다 더 중요하다는 사실을 잘 알고 있다. 목적이나 수단으로 활용되어 단기간에 효과를 볼 수 있는 외재적 동기보다는 스스로 하고자 하는 순수한 마음 자체가 동기가 되어 장기간 효과를 발휘할 수 있는 내재적 동기가 더 중요하다.

예를 들어 '과학 점수 90점을 넘으면 최신형 스마트폰을 갖게 된다'는 외재적 동기보다 '우주는 어떻게 만들어졌을까?' 같은 호기심에서 시작된 내재적 동기가 학습에 긍정적인 영향을 미친다는 것이다. 아이들을 가르치고 싶다는 순수한 마음, 즉 내재적 동기를 가지고 선생님이 되었지만 이 순수한 마음만으로 매일 매일 즐겁게 출근하기란 쉽지 않다.

고등학교 동창들은 내가 선생님이 되었다고 하면, 어릴 때 꿈을 이루었다면서 진심으로 축하해주었다. 내가 선생님이 될 거라고 얼마나 떠들고 다녔던 것인지 내 장래희망을 다 기억하고 있었던 것이다. 다정하고 따뜻한 옛 친구들을 만나자 나는 투정을 부렸다.

"고등학교 때는 안 그랬는데 요즘에는 학교에 가는 게 너무 싫어."

내 말을 듣고 친구는 우스갯소리로 자신의 작은 계획 하나를 이야기해주었다. 친구는 만약 자신이 취업을 하게 되면 무조건 할부로 자동차를 구매할 것이라고 했다. 출근을 하기 싫어질 때마다 남은 할부금을 확인하며 매일 아침 성실하게 회사에 출근해야 하는 이유를 찾는 것이다. 그러고 보니, 대기업 여성 임원이었던 어떤 작가는, 남편이 갑자기 회사를 그만두고 한의대에 들어가겠다고 했을 때 그렇게 하게 해주고 자신은 열심히 회사를 다녀서 임원까지 승진했다고, 그런 동기를 만드는 게 중요하다는 말을 했었다.

나는 학교에서 아이들과 함께 성장해가는 좋은 교사가 되겠다는, 작지도 크지도 않은 적당한 포부를 품고 있다. 하지만 현실에서 종종 크고 작은 장애물에 부딪치게 되면 내 꿈이 보잘것없게 느껴지고 학교에 남아 있을 이유가 없다는 생각도 들었다.

지금 와서 생각해보니 그럴 때마다 나를 일으켰던 것은 선생님이 되고자 했던 나의 순수한 마음보다는 퇴근 후 수정이와 만나 학교에서 있었던 일을 안주 삼아 마셨던 맥주 한 캔, 지난달 바꾼 스마트폰의 11개월 남은 할부금 같은 일들이었다. 내재적 동기보다는 외재적 동기가 나를 학교에 계속 남아 있게 만들었다.

내 기분을 풀어주려고 우스갯소리로 했던 친구의 말이 정말 사실이었다. 학습이 아닌 인생에서만큼은 순수한 마음보다 '어쩔 수 없지 해야 하는 상황'이, 외재적 동기가 가장 강력한 동기가 되는 것은 아닐까?

노란 구두

최근에 좋은 습관이 하나 생겼다. 잠자기 전에 스마트폰 보던 습관을 버리고 책을 읽기 시작한 것이다. 침대에 누워 잠들 때까지 깜깜한 어둠 속에서 환한 불빛이 나오는 스마트폰 화면을 보면 눈도 아프고 피로도 제대로 안 풀리는 것 같아서 대신 책을 읽기 시작했는데, 더 깊은 잠을 자니 다음 날 아침 컨디션도 좋아졌다.

최근에 읽은 책은 R. J. 팔라시오의 《원더》였다. 주인공 어거스트는 선천적 안면기형을 갖고 태어나 열 살이 될 때까지 무려 27번의 수술을 받았고, 엄마와 홈스쿨링을 했다. 열두 살이 되어 어거스트는 처음으로 학교에 가게 되는데, 따돌림과 차별을 당하며 상처를 받기도 하지만 피하지 않고 정면으로 마주하며 결국 학교생활에 잘 적응하게 되고 친구들에게 긍정적인 영향을 미치는 존재가 된다.

나는 이 책을 읽고 이런 생각을 했다. 색깔에 따라 반사하는 빛의 스펙트럼이 모두 다른 것처럼 사람들은 저마다 다른 색의 색안경을 끼고 있다. 몇몇 사람들은 자신이 색안경을 끼고 있다는 것을 알고, 보이지 않는 것을 이해하기보다 인정하려고 노력하는데 어떤 사람들은 자신이 색안경을 끼고 있는지도 모르고 무조건 보이지 않는다며 투정만 부린다. 어거스트는 따뜻한 마음으로 아직 색안경의 존재를 모르고 있던 사람들에게 그 존재를 일깨워주는 역할을 했다. 색안경을 벗겨준 게 아니라 색안경의 존재를 인정하게 만들고 '다양성'을 인정하게 만들어준다. 책의 모든 내용이 좋았지만 가장 감명 깊었던 문장은 바로 이것이다. "잭, 꼭 나쁜 마음을 먹어야만 다른 사람의 마음을 다치게 하는 게 아니야. 알겠니?" 잭이 어거스트를 처음 보고 놀라 자리를 피했을 때 잭의 보모였던 베로니카 누나가 잭에게 한 말이다.

내가 처음 과학 전담 교사로 초등학교에서 일하게 되었을 때 거의 모든 선생님들이 내가 기간제 교사라는 사실을 알고 있었다. 대부분 선생님들은 기간제 교사라고 다르게 대우하지 않고 오히려 초임이라고 더 챙겨주었다.

하지만 극소수이긴 하지만 일부 선생님들은 정교사와

기간제 교사는 엄연히 다른 부류이며, 처우가 다른 건 당연하다고 생각했다.

생각보다 대놓고 차별받는 일은 기분 나쁘지 않았다. 오히려 그 사람의 본색을 쉽게 알게 되어 다행이었다. 문제가 되는 건 '나쁜 마음을 먹지 않았는데 사람의 마음을 다치게 하는 일'이었다.

나는 그 학교의 막내였다. 나와 동갑인 선생님이 두세 명 더 있었다. 첫 교직원 회의를 하기 위해 시청각실에 모든 선생님들이 모였을 때 그 해 처음으로 부임하신 교감 선생님의 환영회가 열렸다. 학교의 이십 대 중반에서 삼십 대 초반 선생님들이 모여 며칠간 노래 연습을 했다는데, 나는 그 사실을 그날 처음으로 알게 되었다. 무대가 아니라 좌석에 앉아 있는 선생님 중 나와 비슷한 연령대로 보이는 사람은 없었다.

나는 그날, 그때 느꼈던 감정이 소외감이라는 것을 꽤 뒤늦게 알게 되었다. 첫 회식 자리에서 교장 선생님이 막내 선생님들을 언급하면서 내 이름을 빼먹었을 때도 '깜빡하셨나 보다.' 하고 넘어갔고, 교감 선생님이 우리 학교 막내 선생님들이 열심히 하고 있다며 칭찬하며 내 이름을 빼먹었을 때도 '내가 담임을 맡고 있지 않아서 그런가 보다.' 하고 아무렇지 않은 척하며 넘어갔다. 하지만 그런 작은 상처들이 쌓이면서 상처들의 부피는 어느새 괴물처럼 커다랗게 부풀어났고 나는 그 괴물의 이름도 모른 채 점점 괴물에게 잡아먹히고 있었다.

졸업 사진을 찍는 날 있었던 일이다. 5학년 과학 전담이었던 나는 졸업생들을 가르치지도 않았고, 계약 기간이 한 학기보다 짧아 졸업식을 할 때는 그 학교에 남아 있지도 않을 터였다. 그런데 내가 굳이 졸업 앨범에 얼굴을 남길 필요가 있을지 며칠 동안 꽤 진지하게 고민을 하고 있었다. 고민 끝에 졸업 앨범 담당 선생님에게 정말 순수하게 질문까지 했었다.

"저도 졸업 사진을 찍나요?"

"당연하죠. 졸업생 동생들 중에 선생님이 가르치셨던 학생들이 분명 졸업 앨범을 찾아보며 선생님을 그리워할 거예요. 그리고 무엇보다 졸업 사진은 우리 학교의 모든 교직원이 촬영해야 한답니다."

선생님의 다정하고 시원한 답변에 갑자기 내가 학교에서 아주 중요한 사람이 된 것처럼 느껴졌다.

이왕 사진을 찍게 된 거 아이들이 나를 예쁜 얼굴로 기억해주었으면 좋겠다는 생각에, 사진 촬영 당일 아침, 평소 10분이면 끝나는 화장을 30분이나 공들여 풀메이크업을 했다. 그리고 옷장에서 가장 단정해 보이는 검정색 원피스를 꺼내 입고 혹시 몰라 나가기 전에 원피스보다 더 격식 있어 보이는 가디건을 챙기는 것도 잊지 않았다. 그런데 그날따라 원피스와 잘 어울리는 새로 산 하얀색 메리제인 구두의 끈이 왜 그렇게 풀리는 것인지 결국 평소에 즐겨 신어 앞코가 닳아 버린 노란색 구두를 대충 구겨 신고 출근 버스에 올랐다. '어차피 졸업 사진은 상체만 나오잖아.'라는 생각을 하며 말이다.

내 생각과 달리 졸업 앨범 촬영은 여러 장소에서 다양한 포즈로 촬영했다. 어깨 위까지 나오는 증명 사진, 허리까지 나오는 프로필 사진 그리고 전신이 모두 나오는 교직원 단체 사진. 2교시와 3교시 사이의 쉬는 시간을 이용하여 본관과 후관 사이의 공터에서 교직원 단체 사진을 촬영한다는 안내 방송을 듣고 슬리퍼에서 구두로 갈아 신고 부리나케 밖으로 뛰어나갔다. 촬영 장소에 가장 먼저 도착한 나는 내 뒤로 하나둘 걸어 나오시는 선생님들의 모습을 아무도 모르게 위아래로 스캔하고 있었다. 평소 아이들과 생활하기에 편안한 통 넓은 바지와 티셔츠를 즐겨 입으시던 선생님들이 단정한 원피스에 구두를 신은 모습을 보니 나는 어쩐지 참을 수 없는 비참함에 온몸의 세포들이 자꾸만 아래로, 아래로 달아나고 있는 것만 같았다. 반짝반짝 광이 나는 무채색 계열의 구두들 사이에서 튀는 낡고 초라한 노란색 구두.

"무엇보다 졸업 사진은 우리 학교의 모든 교직원이 촬영해야 한답니다."라고 말씀하셨던 것처럼 대부분의 선생님들은 나를 선생님들과 '같은' 교사로 대해주셨다. 가끔 타인의 의도하지 않은 행동으로 받은 상처들을 애써 무시하며 나는 어차피 그 선생님들과 '같은' 선생님이라고 위안하였다. 그리고 또 어떻게 보면 위안하는 행동 자체가 나 스스로를 100%로 교사가 아니라는 것을 인정하는 것과도 같았다.

나쁜 마음을 먹지 않았는데 사람의 마음을 다치게 하는 사람들 때문에 생긴 작은 상처들, 그 상처들이 모습을 부풀려 생겨난 마음속 괴물의 정체는 바로 소외감이었다. 나는 그 괴물의 정체를 반짝반짝 광이 나는 무채색 계열의 구두들 사이에 끼어 있는 나의 앞코가 닳아버린 노란색 구두를 보고서야 비로소 깨닫게 되었다.

나는 상처받고 있었구나. 나는 소외감을 느끼고 있었구나. 그리고 나 역시 나에게 상처를 주고 있었구나.

잘 알지도 못하면서

내가 기억하기로, 나의 첫 알레르기 증상이 발현된 날은 20년 전 가족들과 함께 여의도 벚꽃축제에 갔을 때다. 온몸에 울긋불긋한 두드러기가 나기 시작했는데, 아빠와 엄마가 비상약을 구하기 위해 근처에 있던 63빌딩 안을 여기저기 뛰어다니셨었다.

이후 다시 알레르기 증상이 나타난 건 고3 때였다. 도서관을 가는 중이었는데, 갑자기 입술과 얼굴이 부어올라 다시 집으로 돌아왔었다. 이후 몇 년간 잠잠하다가 임용고시 공부를 하기 시작하면서 몸속에 숨어 있던 알레르기들이 조금씩 고개를 들기 시작했다. 꽤 자주 알레르기로 인한 두드러기가 생겨났지만 조금 쉬면 금방 사라져서 방치했었다.

그러다 3년 전 여름, 방치했던 알레르기가 기관지에 생겨 호흡 곤란으로 응급실에 실려가고 말았다. 그제야 정밀한 알레르기 검사를 받게 되었는데, 검사 결과 나에게는 현재 검사로 알 수 있는 거의 모든 종류의 알레르기가 있다고 했다. 그중 가장 나를 힘들게 할 대표적인 알레르기가 두 종류 있었는데, 바로 토마토 알레르기와 꽃가루 알레르기였다.

이 2가지 알레르기 때문에 그동안 내가 왜 그렇게도 과일을 싫어하고 먹지 않으려고 했는지 이유를 알게 되었다. 나는 과일을 먹으면 입안이 간질거리거나 따가운 증상이 나타나서 평소 과일은 거의 입에 대지도 않았다. 과일을 편식하는 나의 모습을 보고 대부분의 사람은 이 맛있는 과일을 도대체 왜 먹지 않는 것이냐며 이해할 수 없다는 듯 고개를 절레절레 저었다. 당사자인 나는 이 증상을 딱히 무어라 설명할 수 없어 답답하기만 했다. 의사 선생님에게 나의 증상을 말하자 이렇게 답해주셨다.

"모두가 그런 것은 아니지만 간혹 꽃가루 알레르기를 가지고 있는 사람이, 학술상 알레르기를 일으킨다고 밝혀지지 않은 과일을 먹었을 때 교차반응을 일으켜서 그 과일들에 대해 알레르기가 생길 수 있어요. 과일을 먹었을 때 입안이 간지럽고 따가운 것도 알레르기 증상 중 하나입니다."

이렇게 장황하게 알레르기에 대해 설명하는 데에는 이유가 있다. 사실 남들에게는 나 "토마토 알레르기 있어서 못 먹어." 이 한 문장으로 설명할 수 있지만 나에게 있어서 그 한 문장은 나름대로 20여 년의 서사가 담겨 있기 때문이다. 그런데 미리 설명을 하지 않으면 대부분의 사람들은 음식 알레르기가 있는 사람을 편식하는 사람이라고 치부하고 평가해버린다. 그럴 때마다 어쩔 수 없이 서운한 마음이 든다.

서운한 마음을 가장 자주 느끼는 때는 바로 학교에서 급식을 먹을 때다. 특히 여름 급식 때. 여름이면 학교 급식 디저트로 과일이 정말 많이 나온다. 월요일에 수박, 화요일에 키위, 수요일에 바나나, 목요일에 포도, 금요일에 멜론. 정말 일주일 동안 과일만 나왔던 적도 있다.

급식판을 들고 밥부터 디저트 순서대로 배식을 받을 때 열 번 중 아홉 번은 과일을 거절하는 나에게 동료 선생님들이 "선생님은 왜 과일을 안 드세요?"라고 물어보곤 하셨다. 그럴 때마다 나는 "알레르기가 있어서요."라고 대답하는데 안타깝게도 대화는 거기서 끝나지 않았다. "포도는 알레르기를 유발하지 않는데요", "수박에도 알레르기가 있나?"까지 이어지게 된다. 나는 구차하게 그 자리에서 교차반응 어쩌구 저쩌구 20여 년 동안 겪었던 일을 5초도 되지 않는 시간 안에 설명해야 했다. 그런 일을 겪을 때마다 나는 스스로가 얼마나 유별나고 유난스러운 사람인지 남들에게 소개하는 것 같아 비참해지곤 했다. 특히 이런 말을 들을 때면 더더욱 그랬다.

"에이~ 선생님 편식하시는구나?"

"나이가 몇 살인데 아직도 편식해요. 과일이 몸에 얼마나 좋은데?"

대부분 나에게 "선생님 왜 과일을 안 드세요?"라고 묻는 사람들은 건강에 좋으니 과일을 조금이라도 먹으라고 챙겨주는, 따뜻한 마음을 가진 사람들이다. 하지만 정말 간혹 "정말 못 먹는 거 맞아? 안 먹는 거 아니고?", "세상에 수박 알레르기가 어디 있어?"라며 내가 나에게 그랬던 것처럼 유별나고 유난스러운 사람 취급을 하면 속상함을 넘어서 화가 나곤 한다.

"나에 대해서 잘 알지도 못하면서!"

분명 모든 사람들에게는 한 문장으론 도저히 설명할 수 없는 '각자의 사정'이라는 게 존재하기 마련이다. 나에게 그 '각자의 사정'은 알레르기다. 남들에게 나의 알레르기를 소개할 시간이 주어진다면 10장이나 되는 PPT를 준비해서 알레르기의 A부터 Z까지 자세하게 설명해 나의 사정을 이해시킬 수 있을 텐데 현실은 그렇지 않으니 속상할 따름이다. 내가 남들에게 바라는 리액션은 딱 2가지다. "그렇군요. 그럴 수도 있겠네요."와 더 이상 물어보지 않는 것이다.

담임을 하면서 어쩔 수 없이 학생들에게 이것, 저것 캐물을 때가 많다. 어쩌다 보니 학생들에게 가장 많이 하는 말 중에 하나가 "왜?"와 "진짜?"다. 모두 학생이 하는 말을 그대로 받아들이지 못할 때 하는 리액션이다. 두 눈동자에 물음표를 띠고 학생을 바라보는 나를 발견할 때마다 '내가 가장 싫어하는 행동을 하고 있구나…' 하고 깜짝 놀라곤 한다.

각자의 사정은 너무나 사소하고 개인적이라 남들에게 '사정'으로 인정받기 쉽지 않다. 그래도 나름 커다란 사정을 가지고 있는 한 사람으로서 적어도 아이들은 내가 느꼈던 서운함을 느끼게 하고 싶지 않다고 생각했다. 그래서 "왜?", "진짜?"라는 말보다는 "그래, 그럴 수도 있지!"라는 말을 더 많이 해주려고 노력하고 있다.

너의
이름은

'내가 그의 이름을 불러주었을 때 그는 나에게로 와서 꽃이 되었다.'

나는 김춘수 시인의 「꽃」이라는 시 중 이 구절을 정말 좋아한다. 때론 누군가에게 이름을 불리는 것만으로도 특별한 힘이 생길 때가 있다는 것을 아주 잘 알고 있기 때문이다.

2020년, 코로나 바이러스로 인해 개학이 연기되고, 사상 초유의 온라인 개학을 겪고 6월 초가 되어서야 마침내 학교에서 학생들을 만나게 되었다. (이때는 고등학교에서 근무하고 있었다.) 예전과 다르게 방역 수칙을 엄수하며, 더워지는 날씨에도 마스크를 꼭 쓰고 수업을 해야 했다. 얼마나 힘들지, 얼굴이 반밖에 안 보이는데 아이들 얼굴을

나는 임고생이고

기억할 수 있을지, 아이들의 말소리를 내가 알아들을 수 있을지…. 개학을 앞두고 별의별 염려가 다 되었다. 수많은 변수를 상상해보면서 여러 가지 대비책도 세웠다.

안일했던 나의 대비책을 비웃기라도 하듯 마스크를 쓰고 수업하는 일은 무엇을 상상하든 그 이상으로 힘들었다. 아주 촘촘한 필터를 사용한 KF94 마스크는 비말뿐만 아니라 내가 내뱉는 수증기와 이산화탄소조차도 쉽게 통과시키지 않았다. 몇 마디만 해도 숨이 찼다. 점차 한여름 더위가 시작되자 마스크를 쓰고 수업하는 일은 몇 배로 더 힘들어졌다.

선생님들도 정말 힘들겠지만 하루 종일 마스크를 쓰고 수업을 듣는 학생들도 얼마나 힘이 들까? 그래서 나의 질문에 아무 대답도 하지 않는 아이들에게 어떠한 질책도 할 수 없었다. 그럼에도 불구하고 고개를 끄덕이며, 눈을 맞추며 '선생님, 저 수업 열심히 듣고 있어요.'라는 시그널을 보내는 기특한 학생이 한두 명씩 있어 힘들어도 다시 힘을 낼 수 있었다.

어느 날 아이들의 소중한 쉬는 시간 그 10분 사이에, 매시간 눈을 동그랗게 뜨고 수업을 들으며 열심히 고개를 끄덕이던 한 학생이 나에게 질문이 있다며 찾아왔다. 나는 그 학생이 너무 기특하여 왠지 아는 척을 하고 싶어졌다. 마스크 위로 보이는 똘망똘망한 눈을 마주치고 아주 짧은 시간 동안 '이름이 뭐였더라? 윤서? 윤지? 서윤? 에라 모르겠다.' 하다가 떠오르는 이름 중 하나를 골라 다정하게 불러주었다.

"윤서야. 안녕. 질문할 게 뭐야?"

학생은 깜짝 놀란 듯 나에게로부터 한 발짝 물러나 나를 뚫어져라 쳐다보며 물었다.

"선생님, 제 이름 어떻게 아셨어요?"

나는 속으로 만세를 3번 외치며 이렇게 대답했다.

"수업 시간에 그렇게 열심히 수업을 듣는데 선생님이 어떻게 윤서 이름을 모를 수가 있겠어."

동시에 작년 초등학교에서 근무하면서 있었던 일이 떠올랐다.

작년 초등학교에서 과학 전담 교사로 근무를 할 때 내가 가르치는 학생 중 윤아와 윤지라는 일란성 쌍둥이 자매가 있었다. 윤아는 6반, 윤지는 4반으로 비록 학급이 달랐지만 안경 뒤로 보이는 똘망똘망한 눈망울도, 뭐든 열심히 하는 성실함도 모두 똑 닮은 덕분에 나는 종종 그 둘의 이름을 서로 바꿔 부르는 실수를 저지르곤 했다.

윤아를 윤지라고, 윤지를 윤아라고 부를 때면 내가 민망해질까 봐 "선생님, 저 윤지 아닌데요." 혹은 "선생님 저 윤아 아닌데요."라는 말도 하지 못하고 조용히 얼굴만 붉히는 그 고운 마음까지도 어쩜 그렇게 닮았던지…. 그렇게

　　　　　　　나는 임고생이고

아무 말 없이 아이의 얼굴이 붉어지면 붉어질수록 뒤늦게 나의 잘못을 알아차린 나의 죄책감은 점점 커져만 갔고 너무 미안해서 어찌할 줄을 몰랐다. 아이들의 표정은 그동안 이런 일이 많았다는 듯 웃고 있지만 자신의 이름을 타인에 의해 빼앗길 때마다 얼마나 당혹스럽고 부끄러웠을지 잘 알아서 미안한 마음은 우주만큼 커지곤 했다.

이름에 돌림자를 쓰는 자매가 있는 나는 이름의 마지막 글자만 다른 여동생과 어릴 때부터 이름을 바꿔 불릴 때가 종종 있었다. 그럴 때마다 나와 외모, 성격, 좋아하는 음식 등 하나부터 열까지 모두 다른 여동생과 어떻게 이름을 헷갈릴 수 있는지 이름을 틀리게 부르는 타인들을 속으로 엄청 원망하곤 했었다. 그들에게는 고작 이름 한 글자 틀린, 작은 실수였겠지만 사춘기를 겪던 시절에는 나의 존재를 부정당하는 기분까지 들 정도로 매우 불쾌했었다.

사람들은 누구나 자신의 존재를 인정받기를 원하는 욕구를 가지고 있다. 그래서 나는 이름이 가지고 있는 힘이 정말 크다고 생각한다. 이름을 불러주는 것만으로도 아무것도 아닌 것을 꽃으로 바꿀 수 있다고 하지 않는가? 그래서 쌍둥이의 이름을 바꿔 부르는 실수를 저지를 때마다 나의 실수를 무마하기 위해 정확한 이름을 의도적으로 많이 불러주려고 노력했었다. 수업을 하면서 윤지는 직접 실험하고 탐구하는 것을 더 좋아하고, 윤아는 문제를 풀고 관찰한 것을 글로 표현하는 것을 더 좋아한다는 것을 알게 되었다. 관심을 갖고 보면 윤지와 윤아는 정말 달랐다.

어쩐지 나에게 질문이 있다고 찾아왔던 윤서는 그날 이후로 통합과학 수업을 더 열심히 듣는 것 같아 보였고, 질문도 더 자주 하였으며 심지어 내가 지도교사로 있는 동아리에 가입하여 차장을 하겠다고 지원하기도 하면서 과학을 더 열심히 공부하는 거 같았다. 나는 그런 윤서의 열정이 너무 기특해서 더 자주 윤서의 이름을 불러주었다. 그러면 그럴수록 윤서는 더 많은 가지에 더 풍성한 꽃을 피워갔다.

이름을 불러주는 것만으로 내가 상대에게 힘이 될 수 있다니 이름 덕분에 나는 거저로 좋은 사람이 된 꼴이었다. 이름을 불러주는 것이 돈이 드는 것도, 많은 힘이 필요한 것도 아닌데 나는 더 많은 아이들의 이름을 기억하고, 더 자주 불러주어야겠다고 생각했다. 아이들은 자신이 생각하는 것보다도 더 많은 잠재력을 가지고 있어서 내가 이름을 불러주는 것만으로도 어렵지 않게 다양한 꽃들을 피워낼 테니까.

선생님이란
북극성 같은 것

고등학교 1학년 담임을 맡았을 때다. 1학기 2차 지필평가, 즉 기말고사가 끝나고 여름방학 사이까지의 기간은 교사에게도 학생에게도 정말 힘든 시간이다. 교사는 성적, 출결, 생기부 등 각종 마감을 해야 한다. 온종일 컴퓨터 모니터 앞에서 서류 작업을 하느라 눈이 빠질 것 같았다. 학생들은 1학기 교육 과정을 모두 끝낸 데다가 방학을 앞두고 들떠 있어 집중하기가 힘든 상태가 된다. 이런 상황에서는 수업이 잘 되지 않는다.

2020년 1학기는 개학이 몇 번이나 연기되는 바람에, 그 기간 동안 '과학 관련 주제로 5분짜리 발표 자료 만들기'라는 가정학습 과제를 내주었었다. 개학을 한 후에는 수업

진도를 빼느라 과제 확인을 하지 못했었는데 이때를 활용하여 발표를 시키기로 했다. 학생들은 성실하게도 내용을 풍부하게 채워 발표자료를 만들었다.

그중 코로나19 바이러스와 관련된 발표 주제를 준비한 학생은 단연 나를 포함한 학급 학생들의 이목을 사로잡았다. 코로나19 바이러스의 증상, 감염 경로를 조사하는 방법, 감염 예방 수칙 등 마치 질병관리청장이 브리핑하듯 깔끔하게 발표했다. 마지막에는 굉장히 인상적인 말을 남기며 발표를 마무리하였다.

"코로나19 바이러스는 엔데믹으로 자리 잡을지도 모릅니다."

엔데믹(endemic)이란 한정된 지역에서 주기적으로 발생하는 감염병을 뜻하는 말로, 대표적인 감염병으로 말라리아·뎅기열 등이 있다. 학생의 발표가 끝나고 학급 아이들에게 물었다. 들어본 적이 있는 용어인지. 나를 포함하여 학급 학생들 모두 처음 들어보는 용어였다. 코로나19 바이러스의 향후 발생 추이까지 예상한 학생의 완벽했던 발표에 대해 피드백을 해주고 속으로 생각했다. 학생들의 잠재력은 어디까지일까에 대해서 말이다.

작년 초등학교 5학년에게 과학 수업을 하면서 가장 힘들었던 점 중 하나는 아이들의 질문이었다. 수업시간 중에 모호하고, 공상적이며 엉뚱한 질문들을 쏟아냈던 것이다.

아이들의 질문은 넓고도 넓다. 나는 내 전공이 아닌 다른 과학 분야 상식을 쥐어짜며 과학적으로 답변해주기 위해 노력했다.

'태양계와 별' 단원에 이르면 아이들의 질문은 최고조에 달한다. 우주의 탄생부터 외계 생명체까지 연쇄적으로 질문들이 이어져서 도저히 수업을 할 수 없을 정도였다. 아이들을 진정시키고 질문을 제한하기도 했다.

그날은 북극성에 대해 배우는 날이었다. 북극성은 지구의 북쪽 자전축 근처에 위치하고 있어서 마치 움직이지 않는 것처럼 보이는 별이다. '아주 옛날 뱃사람들이 깜깜한 망망대해에서 길을 잃었을 때 북극성을 찾아 자신의 위치와 가고자 하는 방향을 찾았다.'라고 교과서에 나와 있다. 요즘에 북극성을 보고 길을 찾는 사람은 거의 없겠지만···. 그날도 어김없이 수업 시간이 얼마 남지 않았음에도 불구하고 이곳저곳에서 아이들이 질문을 하기 위해 손을 들기 시작했다. 나는 최대한 많은 궁금증을 해결해주기 위해 정확하고 간결하게 답변해주었다. 그리고 시간상 마지막이 될 것 같은 아이의 질문을 들어주었다.

"선생님, 그럼 남반구에도 북극성과 같이 길잡이 역할을 하는 별이 있나요?"

굉장히 당황스러웠다. 분명 답을 알고 있는데 뇌 회로를 아무리 가동해보아도 도무지 생각이 나지 않았기 때문이다. 그래서 최후의 방법을 쓸 수밖에 없었다. 솔직하게 고백하는 것.

"네, 있습니다. 하지만 선생님이 지금 그 별의 이름이 정확하게 기억나지 않네요. 다음 시간에 알려줄게요."

나의 대답이 끝나기 무섭게 질문을 했던 아이가 이렇게 대답했다.

"나는 아는데…. 남십자자리예요."

부끄러움과 당혹스러움에 얼굴이 뜨거워지는 것을 애써 무시하며 얼른 수업을 마무리해야 했다. 나의 수업시간만큼이나 27명의 아이들의 쉬는 시간은 중요하기 때문이다.

"여러분, 남반구에서 북극성처럼 길잡이 역할을 하는 별의 이름을 남십자자리라고 합니다. 친구가 알려준 덕분에 우리는 새로운 과학적 내용을 하나 더 알게 되었네요. 그럼 다음 시간에 만나요."

마침 수업 종료를 알리는 종이 울려서 얼마나 다행이었는지 모른다. 그리고 기분이 좋지 않았다. 27명의 학생들이 나를 바라보고 있는 상황에서 한순간에 '그것도 모르는 선생님'이 되어버렸다. 그 순간 종이 울리지 않았더라면 나의 당혹스러움을 아이들에게 들켜 더욱 비참해졌을 것이다.

마음만 먹으면 얼마든지 관심 있는 분야의 전문가가 될

수 있는 시대에 살고 있는 우리는 더 이상 선생님의 역할을 지식의 전달자로만 바라봐서는 안 된다. 어쩌면 지식은 학교나 교사보다 구글과 네이버에서 훨씬 더 효율적인 방법으로 얻을 수 있을지도 모른다. 그래서 고등학교 1학년이 질병관리청장만큼이나 질병과 의학에 대한 많은 지식을 얻을 수 있고, 초등학교 5학년이 우주와 별에 대해 잘 아는 어린이 천문학자가 될 수도 있는 것이다.

"그렇다면 학교는 왜 다니고, 선생님은 왜 존재하는 것인가요?"

학생들이 이렇게 질문할지도 모르겠다. 4차 산업혁명 시대에게 가장 빨리 사라질 직업 중 교사도 포함된다고 한다. 그 문제는 내가 학부생일 때부터 단골 토론 주제였다. 미래에 교사라는 직업이 존재할 것인가, 필요한 것인가? 나는 그때부터 지금까지 한결같은 의견을 고수하고 있다. "교사는 AI로 절대 대체할 수 없는 직업"이라고 말이다.

학교에서는 지식뿐만 아니라 작지만 중요한 것들을 배운다. 친구에게 왜 바보라고 하면 안 되는지, 급식을 먹을 때 왜 골고루 먹어야 하는지, 수업 시간에 왜 장난을 치면 안 되는지…. 내가 생각하는 교사의 역할은 북극성, 남십자자리와 일치한다. 교사는 북극성과 남십자자리처럼 학생들을 조금 더 나은 방향으로 이끌고 안내하는 존재라고 생각한다. 그게 지식이든, 인성이든, 가치관이든, 그게 무엇이든 말이다.

그러니 옛날 옛적 망망대해에서 길을 잃은 사람들에게 북극성이 꼭 필요한 존재였던 것처럼 다양한 지식과 가치관이라는 바닷속에서 헤매고 있을 아이들에게 교사라는 별이 여전히 필요하다.

선생님을
선생님이라 부르지 못하고

대학교에 막 입학했을 때 나는 자신이 너무 자랑스러웠다. 정확히 말하면 사범대학교에 다니고 있다는 것에 엄청난 자부심을 느꼈다. 그래서 사람들이 어느 대학교에 다니고 있는지 물어볼 때마다 나는 늘 대학교 뒤에 사범대학을 붙여 앞으로 예비교사가 될 사람임을 알리곤 했다.

진짜로 내가 소속되어 있는 학교가 생기고 가르치는 제자들과 더 좋은 교육을 위해 함께 일하는 동료 교사들이 생겼을 때 나는 사범대학을 다니던 과거의 나보다 더 자랑스러웠다. 지금 생각해보면 조금 부끄러운 행동일지도 모르지만 막 교사가 되었을 때 아무도 물어보지 않았는데 괜히 내가 교사인 것을 티 내곤 했다. 예를 들어 대화 중에 학생 이야기를 꺼낸다거나 학교 이야기를 꺼내면서 말이다. 그럼 꼭 상대방은 "직업이 선생님이세요?"라고 물었고, 나는 전혀 민망하지 않은데 괜히 민망한 듯 웃음을 지어 보이며 "네?"라고 답했다. 그러면 열에 아홉은 "정말 훌륭한 직업을 가지고 계시네요."라는 식의 대답이, 내가 듣고 싶었던 대답이 돌아오곤 했다.

그런데 처음으로 선생님들과 회식을 갔던 날 이상한 일을 겪었다.

"보영샘, 밖에서는 선생님이라고 부르지 말아요. 이모나 팀장님 뭐 이렇게 부르기로 해요."

"네? 왜요?"

"그냥, 그게 더 편해서요."

직업이 선생님이라는 것을 많은 사람들에게 자랑하고 싶어했던 나와 달리 선생님들은 선생님이라는 직업이 알려지는 것이 많이 불편한 듯했다. 그 이후로 회식을 하거나 밖에서 선생님을 따로 만날 때에는 늘 선생님을 선생님이라 부르지 못하고 팀장님, 부장님, 언니, 저기요 등 다양한 호칭을 돌려 사용하며 어떻게 해서든 선생님이라는 것을 남들에게 들키지 않으려고 노력해야 했다. 왜 그렇게 선생님이라는 직업을 숨기려고 하는지 다른 선생님들의 행동이 이해되지 않았었다.

어느 날 뉴스를 보는데, 유치원 선생님의 SNS 프로필 사진을 본 한 학부모가 '아이들 교육상 부적절하다.', '교육을 하는 사람이 옷차림이 이게 뭐냐?' 등 사생활에 대해 왈가왈부하여 논란이 되고 있다는 기사를 보았다. 유치원 선생님이 워터파크에서 수영복을 입고 찍은 사진을 올렸는데 학부모는 선생님의 차림이 심히 불편했던 모양이었다.

코로나19 바이러스로 전 세계 사람들이 방역과 건강에 만전을 기하고 있을 때 자신이 확진된 사실을 모르고 환기도 잘 되지 않는 이태원의 여러 클럽을 옮겨 다니며 많은 확진자를 발생시킨 사건이 있었다. a.k.a 이태원 사건. 이때 확진된 사람들의 개인신상 정보가 알려지며 2차, 3차 피해가 있기도 했었다. 그리고 '이태원 방문 교직원만 800명'식의 기사가 뜨면서 '선생님이 그런 곳을 왜 가냐', '동성애자 선생님이 있다니 혐오스럽다' 등의 선생님들을 향한 질타가 담긴 댓글들이 달렸다.

워터파크에서 수영복을 입는 것은 당연한 일이고 개인 SNS 프로필 사진을 정하는 것은 개인의 자유이다. 코로나19 바이러스로 인한 위험이 여전히 곳곳에 도사리고 있는데 방심하고 클럽에 간 것은 질타받아 마땅하지만 취미로 클럽에 다니는 것과 개인의 성적 취향 역시 개인의 자유이다. 그러나 단지 직업이 선생님이라는 이유로, 아이들의 교육상 좋지 않다는 억지스런 이유로 사생활을 침해한다면 그래서 어느 날 말도 안 되는 이유로 더 이상 선생님을 하고 싶지 않은 날이 온다면 너무 억울할 것 같다.

다른 나라는 어떨지 잘 모르겠지만 우리나라는 특정 직업에게 '직업 정신'이라는 명목으로 남들보다 높은 도덕성을 요구한다. 대표적으로 선생님이 그렇다. 내가 고등학생 때 한 선생님이 이혼했다는 소문이 돌았었다. 그때 그 선생님의 인성이 도대체 어떻길래 이혼을 당하냐고 (당한다는 표현을 했었다) 인성부터 시작해 평소 행실에 대해서 엄청난 비난이 쏟아졌었다. 만약 선생님의 직업이 선생님이 아니라 평범한 회사원이었다면 똑같이 비난을 받았을까? 아니라고 확신한다. 그제야 선생님들이 왜 그렇게 본인의 직업을 감추려고 했는지 이해할 수 있었다.

연수를 들을 때마다 강사 선생님들은 교사에게 이런 말을 해주곤 한다.

"교사가 행복해야 학생이 행복하고, 학생이 행복해야 비로소 행복한 학교가 되는 거랍니다."

행복한 선생님이 되기 위해선 퇴근 후의 삶이 보장되어야 한다고 생각한다. 나는 여전히 나의 직업이 선생님이라는 사실이 자랑스럽다. 앞으로도 남들 눈치 보지 않고 선생님이라는 직업을 자랑스러워할 수 있도록 나의 사생활이 잘 지켜질 수 있었으면 좋겠다.

지하 25층

계약 기간이 끝나고 새로운 계약과 개학을 앞둔 그 사이의 시간은 적당한 자유로움과 적당한 불안감을 동시에 느낄 수 있는 아주 특별한 기간이다. 여전히 학교에 소속되어 있는 정규직 선생님들처럼, 해결하지 못한 지난 학기의 업무에 시달리지 않아도 되고, 아직 시작되지도 않은 다음 학기를 준비하느라 동료 선생님들과 약간의 빈정 상하는 일도 겪지 않아도 된다. 더 이상 어딘가에 소속되지 않는다는 해방감도 느낄 수 있다. 물론 계속 무소속으로 있을 수는 없다. 소속되어야 할 학교를 구해야 한다. 그 불안감과 스트레스는 피할 수 없는 일이다.

많은 경험을 해본 것은 아니지만 내가 면접을 보러 갔던 학교들은 기간제 교사를 채용할 때 1순위로 생각하는 조건이 '경력'이었다. 교사가 어떤 교직관을 가지고 있는지, 개인별 수준에 맞추어 아이들에게 개별화 수업을 할 수 있고 따뜻한 마음으로 생활지도를 할 수 있는 역량을 가지고 있는지는 모두 그 경력에 포함되어 있는 듯했다. 그래서 열심히 내가 어떤 사람이고 어떤 교사인지 적어둔 자기소개서보다는 작년에 어떤 학교에서 몇 학년을 가르쳤는지 한 줄로 설명이 가능한 이력서가 더 중요했다.

처음으로 계약했던 초등학교에서 마지막 근무를 마치고 처음으로 들었던 생각은 바로 이거였다.

'드디어 나에게도 경력 한 줄이 생겼구나.'

이 경력 한 줄이, 두 장을 빼곡히 채운 자기소개서보다 기간제 교사 채용 과정에서 더 큰 힘을 발휘해줄 것이다.

올해 초, 내가 근무하게 될 두 번째 학교를 구하는 기간 동안 작년보다 구직에 대한 스트레스를 덜 받지 않을까 하는 기대가 있었다. 왜냐하면 나에게는 경력 한 줄이 있었기 때문이다.

나의 이력서에 적힌 경력만큼이나 가벼운 응시원서를 들고 새로 지원할 학교를 향하는 길. 집에서 25분밖에 걸리지 않는다는 지도 앱의 정보를 믿고 버스에 올랐다. 버스로 10분, 걸어서 15분이라는 사실은 저 높이 보이는 학교의 모습을 바라보며 오르막길 초입에 섰을 때 알았지만 그래도 이 학교에 다닐 수만 있다면 매일 아침 15분 등산을 즐겁게 해낼 것 같았다.

3층 교무실 문을 열고 들어가 어쩌면 올해 함께 일하게 될지도 모르는 선생님들에게 정중하게 인사를 했다. 노란 바구니 안에 간절한 마음과 함께 응시원서를 곱게 넣어두고 다시 선생님들에게 인사를 한 후 교무실 문을 최대한 조심스레 닫고 나왔다. 길면 1분 짧으면 45초밖에 되지 않았을 그 시간을 위해 나는 며칠 동안 자기소개서를 읽고 수정하길 반복했었다는 사실을 정교사인 그 선생님들은 아마 모르시겠지?

새로운 장소에 대한 불안함과 평가를 받는다는 긴장감을 잔뜩 안고 힘겹게 올랐던 오르막길을 다시 내려가는데 겨우 그램⒢ 단위 무게인 응시원서 하나 없다고 이렇게 홀가분할 수가 없었다.

경력 하나 없었을 때는 더 긴장감에 짓눌린 채 응시원서를 제출하러 갔었다. 그 길에 보았던 교사 2명의 얼굴, 난 그 둘의 걱정 없이 환하게 웃는 표정만 보고도 올해 임용고시에 합격하여 처음으로 이 학교에 발령이 난 신규교사라는 사실을 알 수 있었다. 어쩌면 그들도 나의 표정만 보고 내가 이 학교 기간제 교사 채용에 지원한 사람이라는 것을 눈치채지 않았을까?

결국 경력이 하나도 없었을 때는 서류를 넣는 곳마다 떨어졌다. 어느 순간부터는 서류를 넣음과 동시에 이 학교에서도 나에게 연락을 주지 않을 거라는 확신이 들기도 했다. 하지만 예상했던 대로 채용 거절을 마주할 때면 내 마음도 같이 지하 깊숙이 더 깊숙이 떨어지는 것만 같았다.

기간제 교사를 하기로 결심한 후 지원했던 학교의 개수가 하나, 둘, 셋, 넷 … 스물여섯 개였다. 그때 내 마음은 한층, 한 층 내려앉아 지하 25층까지 추락했었다. 그렇게 하나하나 거절당하다 보면 어느새 아무런 잘못도 없는 나를 탓하게 된다. 결국엔 내가 못났으니까 떨어지고 만 것이라고….

그렇게 더 떨어질 곳도 없는 지하 25층에서 올라갈 생각조차 하지 못하고 오히려 더 아래로 내려가기 위해 미리 땅굴을 파고 있을 때 한 학교에서 연락이 왔다. 경력도, 검증된 실력도, 아무것도 없지만 자기소개서에 쓰여 있는 나라는 사람 하나만을 믿고 연락을 줬다고 했다. 하마터면 지하 26층까지 떨어질 뻔한 내 마음이 고작 전화 한 통으로 단숨에 63빌딩까지 솟아오르는 듯 했다.

그제야 언젠가 들어 보았던 흔하디흔한 위로의 말을 진심으로 이해할 수 있었다. 어딘가에 나의 가치를 알아봐줄 사람이 '한 명'쯤은 있다는 말, 나를 믿어주는 사람 '한 사람'만 있어도 세상은 살아갈 맛이 난다는 그런 말.

나는 스스로 교사로서의 가치가 높다고 생각한다. 이것은 자만이 아니라 임용고시를 합격하여 1급 중등교원자격증을 취득한 많은 교사들과 큰 차이점이 없다고 생각한다는 뜻이다. 그래서 현재 내가 겪는 구직에 대한 어려움은 별 것 아니라고 생각한다. 물론 당시에 받는 스트레스가 크긴 하지만 나의 가능성을 알아봐주는 누군가가 있다고 굳게 믿고 있기 때문에 적당한 자유로움과 적당한 스트레스를 느끼며 구직 기간을 나름대로 즐길 수 있다.

하지만 언젠가 내가 이 일을 그만두고 싶다는 생각이 든다면 구직에 대한 스트레스도 한몫하지 않을까 싶을 정도로 구직의 기간은 임용고시를 준비하는 것만큼이나 힘들긴 하다. 그러므로 기간제 교사도 정교사처럼 충분히 훌륭하고 존경받아야 하는 동등한 존재라고 더더욱 생각한다.

어느 아파트 살아요?

10년이 지나도 바뀌지 않은 누런색(노란색이 아니라 누런색이다) 재생지에 '가정통신문'이라고 인쇄된 안내장을 학생들에게 나누어줄 때마다 항상 조심스럽다. 이 말을 함께 전해야 하기 때문이다.

"부모님 동의와 서명을 받아서 내일까지 제출하세요."

가끔은 '부모님'을 학부모님, 어머니로 바꾸어 안내할 때도 있지만 그럴 때에도 조심스러운 마음은 변하지 않는다. 학급의 학생들 중 어머니, 학부모님, 부모님과 함께 살고 있지 않아서 혹시나 나의 말 한마디 때문에 상처받는 학생이 있지는 않을까 하고 언제나 노심초사해야 했다. 남들에게 보편적으로 있는 것들이 나에게 없다는 이유 하나만으로 상처받기에 충분했다.

나도 그런 경험이 있다.

사회 초년생들이 가장 어려워하는 사회생활 중 하나는 어쩌면 나이 차이가 많이 나는 직장 동료들과 대화하는 것이 아닐까? 처음 보는 사람들과도 쉽게 대화를 할 수 있는 능력을 가진 나도 시간이 지나면 지날수록 선생님들과 나눌 대화 소재가 떨어지자 깊은 대화를 나누기 힘들었다. 그래서 어느 순간부터는 선생님들과 대화를 해야만 하는 상황을 피하기도 했었다.

그런데 나만 그런 건 아니었나 보다. 사춘기를 겪고 있는 딸내미와 싸우고 어떻게 화해해야 하는지, 오늘 저녁 반찬으로 어떤 것을 요리해야 하는지, 아이 유치원은 어디로 보내야 하는지와 같은 고민을 하는 선생님들은 미혼인 20대 선생님과는 어떤 주제로 대화를 나눠야 할지 고민을 하시는 모양이었다. 그래서 탄생한 질문이 바로 이거였다.

"선생님은 어느 아파트 살아요?"

정말 만나는 선생님들마다 내게 똑같은 질문을 하셨다.

이게 나처럼 아파트에 살고 있지 않은 사람에게는 굉장히 난처한 질문이다. 나는 인생 대부분을 이름만 대면 알 수 있는 아파트 단지가 있는 지역에서 살지 않았다. 하지만 지금 살고 있는 지역으로 이사를 오고 난 후에는 아파트 이름이 곧 거주지, 즉 동네를 의미한다는 사실을 알게 되었다. '○미안' 하면 어디, '○르지오' 하면 어디, 하고 머릿속에 지도가 그려지는 것이다. 그래서 사람들은 "어디 살아요?"라고 묻는 대신 "어느 아파트 살아요?"라고 질문한다.

하지만 여전히 어느 아파트에도 살고 있지 않은 나는 그 질문을 마주할 때마다 묘한 소외감을 느끼곤 했다. 대부분의 사람들이 거주하고 있는 아파트라는 공간에, 범위에, 영역에 포함되어 있지 않다는 상대적 박탈감을 들게 만들었기 때문이다.

그리고 무엇보다 더 싫은 건 "저 아파트에 안 살아요."라는 나의 솔직한 대답 뒤에 오는 상대방의 미안해하는 표정이라든지 당황한 말투 같은 것들이다. 마치 나에게 '나는 너에게 상처 줄 의도가 없었어.', '어쩜. 가엽기도 하지.'라고 말하는 것만 같아서, 남들에게는 상처가 되지 않는 말들이 나에게만 상처가 되는 거 같아서 나를 더욱 비참하게 만들었기 때문이다.

어느 날, 이제 막 기간제 교사로 일하기 시작한 수정이에게 작은 도움이 되고자 나의 경험담을 들려주기 위해 어느 카페에서 만났었다. 이런저런 이야기를 하며 웃고 떠들던 그때 수정이 핸드폰이 울려 우리의 시선이 쏠렸다. 수정이의 핸드폰 화면에는 '1-3 ○○○ 보호자'라고 떴다. 통화가 꽤 길었다. 나는 한참 기다렸다가 물었다.

"수정아, 왜 '보호자'라고 저장했어?"

나는 임고생이고

"부모님이 안 계신 학생이 있을지도 모르니까. 그 학생이 혹시라도 내 핸드폰을 보고 상처받을지도 모르잖아."

그동안 내가 학생들에게 말을 꺼낼 때마다 조심스러워해야 했던 그 부분에 대해서, 그리고 선생님들이 나에게 저질렀던 말실수에 대해서 수정이가 해결책을 찾아주었다. 수정이에게 도움을 주기 위해 만났던 건데 오히려 내가 도움을 받았다.

이제 아이들에게 가정통신문을 나누어줄 때마다 긴장하지 않아도 된다. 이렇게 말하면 되기 때문이다.

"보호자 동의와 서명 받아서 내일까지 제출하세요."

첫 학부모 상담

   짧은 여름방학을 잘 보내기 위한 방법 중 하나는 넷플릭스를 결제하는 것이다. 그리고 최대한 집중해서 많은 작품을 감상하는 것. 지난 겨울방학에도 넷플릭스를 결제하여 화제의 미드〈워킹데드〉를 시즌 1부터 시즌 4까지 몰아보며 보람찬 방학 생활을 즐겼었다. 그때 보았던 작품 중에 〈오티스의 비밀상담소〉라는 드라마도 있는데 주인공 오티스가 학교 친구들을 대상으로 비밀스런 성 상담을 해주는 내용이다. 고등학생인 오티스가 친구들에게 해주는 상담 내용을 듣고 성인인 나조차 몰랐던 지식을 얻게 되었다. 오티스는 늘 상담을 받으러 오는 친구들과 마주하지 않고 '비밀스럽게' 상담을 해주곤 하는데 평소에 잘 알고 지내던 사이가 아닌데도 불구하고 어쩜 그렇게 말을 잘하는지 드라마를 보면서 오티스의 상담능력이 참 부럽다는 생각을 하였다.

'어떻게 하면 내담자가 고민하는 내용을 완벽하게 파악하고 그들이 원하는 대답을 해줄 수 있을까?'

일반적으로 사람들이 '교사'가 하는 일이 무엇인지 생각할 때 가르치는 일을 가장 먼저 떠올릴 것이다. 하지만 사실 '가르치는 일'은 교사 업무 중 3분의 1 정도밖에 차지하지 않는다. 교사의 업무는 대표적으로 가르치는 일인 수업, 생활지도, 행정업무가 있는데 개인적으로 이 3가지 일중 생활지도가 가장 많은 비율을 차지하고 있다고 생각한다.

생활지도에는 학생과의 개인적인 상담, 학부모 상담, 그룹 상담 등 상담이 필수적으로 이루어져야 하는데 나에게 있어서 상담은 늘 '두려움'이었다. 평소 낯선 사람과 쉽게 이야기를 나눌 수 있고, 대화를 이끌어가는 것을 좋아하지만 상담은 대화와는 분명 다른 것이었다.

1학기가 얼렁뚱땅 시작되고 계획되어 있던 학사 일정역시 짧은 일정에 맞추어 신속하게 진행되었다. 코로나19로 체육대회나 축제처럼 많은 사람들이 한 공간에 모이는 행사는 취소되었다. 나는 이때다 싶어 마음속으로 학부모총회도 취소되길 바랐다. 하지만 학부모총회에서는 운영위원회를 선출해야 하는 중요한 사안이 있어서 한 학급에

2명의 학부모를 초청하는 것으로 축소하여 개최되었다.

　　동료 선생님들이 학부모총회가 처음인 나를 위해 진행 순서에 대해 설명해주셨다. 학부모총회가 끝나면 담임 선생님들은 바쁜 시간을 내어 학교 행사에 참석해주신 학부모님들에게 감사 인사를 전달하며 간단한 상담을 한다고 했다. '학부모 상담'이라는 단어를 듣자마자 학부모총회가 2주나 남았음에도 불구하고 온몸이 떨려왔다. 과연 내가 학부모님들이 궁금해하는 것들에 제대로 답변할 수 있을까?

　　곧바로 공부를 하기 시작했다. 동료 교사이자 선배 교사인 1학년부 선생님들로부터 학부모님들이 어떤 것들을 물어보는지 경험담을 들었고 나름대로 예상 질문 리스트를 뽑아 모범 답안도 작성해보았다. 연습하는 것도 잊지 않았다. 연습의 목적은 그것뿐이었다.

　　'내가 초짜라는 것을 들키지 말자.'

　　2주가 빠르게 지나갔고 학부모총회날이 되었다. 긴장감에 온종일 일이 손에 잡히지 않았다. 총회 끝 무렵 1학년부 선생님들을 소개하는 시간을 가졌고 강당 무대 앞에서서 학부모님들에게 고개를 숙여 인사를 하는 내 동작이 그렇게 어색할 수가 없었다. 긴장감은 사라지지 않았고 학부모님들을 마주하자 오히려 더 증폭되어 온몸이 떨려왔다. 총회가 끝나고, 나는 교실에 가서 학부모님들을 맞이할 준비를 했다. 속으로 이 말을 되뇌면서.

'긴장하지 마. 연습했던 대로만 하면 돼. 그럼 아무도 모를 거야. 내가 초짜라는 걸.'

문이 열리고 학부모님 두 분이 들어오셨다. 나는 웃으며 감사 인사를 드렸고 학급 운영에 대해 설명하기 시작했다. 그리고 궁금한 점이 있으신지 물었다.

"우리 애가 학교에서 어떤지 궁금해요."

정말이었다. 학부모님들은 선생님보다 학생이 학교에서 어떻게 생활하는지가 가장 궁금할 것이라는 선생님들의 조언이 다 사실이었다. 그리고 다행이었다. 내가 준비했던 질문이었다. 나는 아이들의 행동을 지켜보았던 내용을 준비했던 답변과 적절하게 섞어 아주 능수능란하게 답변했다. 내가 들어도 나의 경력을 절대 눈치챌 수 없을 만큼 완벽했다. 만족스럽게 한 고비를 넘기자 거짓말처럼 긴장감이 사라졌다. 화목한 대화가 오가고 한 학부모님이 심층적인 상담을 요청하시자 다른 학부모님이 다음에 뵙자며 자리를 피해주셨다.

학부모님은 자녀의 진로에 관해 이야기하고 싶어하셨다. 자녀는 의대 진학을 희망하고 있었고 학부모님은 의사가 아니더라도 다른 의학계열의 직업이 있을지 궁금해하셨다. 당황스러웠다. 이건 예상에 없던 질문이었다. 고등학교 1학년 담임이라면 진로, 진학 상담과는 거리가 멀 거라고 생각했던 무책임함 그리고 내담자가 중심이 아닌 어떻게 하면 능숙해 보일지에만 집중했던 나의 거짓됨에 부끄러워졌다. 모든 것이 원위치로 돌아오는 기분이었다.

의대의 '의'자도 모르고, 입시전형은 2013년 이후로 찾아본 적이 없으며, 제자들을 대학에 보내본 경험도 없을뿐더러 고등학교는 처음이었던 나는 내가 가지고 있는 경험만 가지고 최대한 학부모님이 원하는 답을 해드리기 위해 고군분투해야만 했다. 그 순간 오티스가 생각이 났다. 비록 연애 경험이 없지만 처음 보는 친구들의 일을 본인 일처럼 생각하며 상담을 해주었던 오티스가 말이다. 이제 내가 초짜라는 것을 들키지 않는 것과 능숙해 보이는 것은 더 이상 중요한 일이 아니었다. 귀중한 시간을 내어 학교를 방문해주신 학부모님께 작은 도움이라도 드려야 했다. 그래서 내 주변 지인들의 대입 사례들을 떠올렸다.

"저와 가장 친한 친구는 방사선과에 입학했어요. 물론 자격시험도 한 번에 합격해서 지금은 병원에서 근무하고 있어요. 의학계열의 직업에는 의사와 간호사 말고도 방사선, 물리치료 등 다양한 직업이 있어요."

하루 종일 '경력직 교사'를 연기하던 것을 그만두니 한결 마음이 편해졌다. 그 이후로 진짜 상담이 이루어졌다. 상담을 시작하기 전에는 이 시간이 빨리 지나가버렸으면 좋겠다는 마음뿐이었는데 막상 진짜 상담을 하고 나니 말하기를 좋아하는 나는 시간 가는 줄도 모르고 처음 만난 학부모님과 꽤 많은 이야기를 나누었다. 상담 끝에 학부모님께서 연신 감사 인사를 하셔서 몸 둘 바를 몰랐다.

"우리 아이가 선생님처럼 좋은 분을 만나 정말 다행이에요."

나야말로 정말 학부모님께 감사해야 했다. 어쩌면 이미 알고 있었을지도 모르는 나의 이야기들을 하나부터 열까지 열린 마음으로 들어주신 학부모님 덕분에 비교적 덜 어설프게 상담을 마칠 수 있었다.

첫 시험 감독

고등학교에 근무하면서 처음으로 경험하게 된 일이 크게 3가지였다. 학사 일정이나 업무 등 학교 대부분 일들은 작년 초등학교에서 근무했을 때와 별로 다르지 않았는데 확실히 다른 일이 있었다. 바로 담임 업무, 시험 출제 그리고 시험 감독. 담임 업무의 경우 신이 도왔다. 첫 담임이었는데 한없이 마음이 따뜻한 아이들을 만나서 운 좋게도 잘 헤쳐나갈 수 있었다. 시험 출제의 경우는 시행착오가 있긴 했지만 실수를 했을 때 수정할 수 있는 기회가 주어져서 언제든 틀린 부분을 바로 잡을 수 있었다. 고등학교에서 근무하며 내가 가장 긴장하고 두려움에 떨었던 순간은 바로 처음으로 시험 감독을 하게 되었을 때였다.

시험을 치르는 학생의 수에 따라 다르지만 보통 한 교

나는 임고생이고

실에는 정감독 1명과 부감독 1명, 총 2명의 감독관이 입실한다. 정감독이 하는 일은 예비령에 맞추어 학생들에게 시험지와 답안지를 배부하고, 시험이 시작되면 학생들이 답안지에 기입한 인적사항과 과목코드가 맞는지 확인하고 확인란에 도장을 찍는다. 그리고 시험 중에 학생들에게서 문제 상황이 생기면 부감독관에게 인계하거나 해결해준다. 마지막으로 종료령에 맞춰 학생들의 답안지를 회수하여 본교무실에 위치한 시험관리본부에 제출한다. 즉 시험이 치러지는 50분 동안의 모든 일들을 총괄하고 책임지는 역할을 한다.

부감독관은 정감독이 시험지를 나누어주고 답안지 확인을 하는 동안 정감독을 대신한다. 시험 중에 학생에게 문제 상황이 발생하면 부감독관이 직접 나서는 경우가 많다. 대부분 학생이 시험 도중 화장실을 가거나 시험 문제에 질문이 생겨 담당 과목 선생님을 호출하는 일을 한다. 물론 정감독과 부감독의 주된 일은 바로 부정행위를 방지하는 역할을 하는 것이다.

나에게 처음 주어진 역할은 바로 정감독이었다. 학교에서 나누어준 시험 기간용 파우치, 정감독과 부감독이 해야 할 매뉴얼이 적혀 있는 종이와 시험 시간표가 적혀 있는 종이를 넣고 볼펜, 수정테이프, 컴퓨터용 사인펜, 도장을 챙겨 떨리는 마음으로 해당 교실 문 앞에 섰다. 이미 시험을 볼 준비가 끝난 아이들은 소지품을 모두 가방에 넣고 조용히 나를 바라보고 있었다.

너무 조용해서 시험 보는 아이들보다 더 긴장한 나의 심장 소리가 아이들한테까지 들릴 것만 같았다. 다행히 부감독관 선생님이 나와 같은 1학년부 수학 선생님이었다. 어찌할 바를 모르고 서 있는 정감독인 나를 대신하여 "가방은 모두 교실 앞으로 제출하세요."라고 안내했다. 이후에도 내가 무언가 빠뜨리거나 실수를 하기 전에 부감독관 선생님이 나서서 도와준 덕분에 무사히 첫 시험 시간이 지났다.

선생님이 하는 모습을 보고 정감독관의 역할을 얼추 파악한 나는 다음 시험 시간부터는 무거운 긴장감이 조금 가라앉았다. 50분 동안의 긴 시험 시간 동안, 눈으로는 아이들이 문제에 집중하고 있는 모습을 지켜보면서 머릿속으로는 고등학생 때 내가 시험을 보던 장면을 떠올렸다. 그때 내가 느꼈던 시험 감독관의 모습을 말이다.

고등학생이었던 나에게 있어서 시험 감독관 선생님은 시험지와 답안지를 나누어주는 사람, 답안지에 도장을 찍어주는 사람, 시험이 끝나기 10분 전을 알려주는 사람 정도였다. 시험을 보는 사람 입장에서 50분이란 시간은 굉장히 짧았고, 시험 감독관을 신경 쓰기에 홀로 치열한 시간을 보내기 바빠 시험 감독관 따위 있어도 그만 없어도

나는 임고생이고

그만인 존재였다.

　그러다 고등학교 3학년, 수능 시험장, 2교시 수리영역 시간에 처음으로 수능 감독관에 대하여 진지하게 생각해보게 되었다. 당시 나는 수시 최저등급을 맞출 과목에서 수리영역을 제외했었기 때문에 100분이 너무 길고 지루하게 느껴졌었다. 그렇다고 잠을 자기에는 다른 수험생들에게 피해를 주진 않을까 걱정이 되었고 무엇보다 수능 시험장이 주는 특유의 긴장감에 잠이 오지 않았다. 시험 감독관 선생님은 100분 내내 칠판 앞에 서서 수험생들을 조용히 지켜보았다. 그 눈빛이 감시한다는 느낌보다는 그 고사실에 있는 수험생들을 지켜주고 있다는 느낌을 받았었다.

　고등학교 3학년 수능 시험장에서 시험 감독관 선생님을 관찰하던 내가 어째서 그러한 느낌을 받았는지 직접 시험 감독관이 되기 전까지는 절대 이해할 수 없었다. 그래서 한동안 그때 받았던 느낌을 잊고 살았다. 시험 세 번째 날 1교시 시험 정감독관으로 교실에 들어간 이후 비로소 그 이유를 깨닫게 되었다.

　예비령에 맞추어 학생들에게 시험지와 답안지를 나누어 주고 있는데 갑자기 종이 한 번 더 울렸다. 예비령 다음에 울리는 종은 시험을 알리는 본령이었다. 아직 시험지를 받지 못한 학생이 있는데 본령이 울리니 당황스러워 우선 시간을 확인했다. 원래 본령이 울려야 하는 시간보다 5분 이른 시간에 본령이 울리는 사고가 발생한 것이다. 종이 잘못 쳤음을 확인한 나는 시험지를 뒤집을지 말지, 문제를 당장 풀어야 할지 말지 고민하는 학생들에게 종이 잘못 울렸음을 안내하고 계속 정숙을 유지할 것을 알렸다.

그다음 떨리는 손을 애써 진정시키며 나머지 학생들에게 시험지를 나누어주었다. 시험지를 다 나누어주자 복도를 분주하게 지나가는 선생님들이 보였고 혹시 다른 교실은 시험을 시작했는데 내가 시험 감독을 하는 반만 시험을 보고 있지 않아 피해를 보는 것은 아닌지 걱정이 되어 부감독관 선생님에게 교실을 맡기고 옆 교실 감독관 선생님에게 도움을 청하러 갔다.

한 번 잘못 울린 본령이라는 파도에 학교 전체가 휩쓸렸다. 본 교무실에서 각 교실을 돌아다니며 시험이 시작되었는지 시작되지 않았는지를 파악했고 각 교실의 정감독관 선생님들에게 시험 시간 50분을 확보해줄 것을 안내했다. 내가 감독관으로 있었던 교실은 원래 시간표에 맞게 시험을 시작했고 먼저 시험을 시작한 교실보다 5분 늦게 시험을 종료했다.

나는 그 일이 있고 나서야 고등학교 3학년 때 시험 감독관 선생님들이 학생을 감시하는 것이 아니라 지켜주고 있다는 느낌을 받았던 이유와 시험 감독관이 존재하는 진정한 이유를 깨닫게 되었다. 내 경험상 시험 감독관은 모든 학생들이 공정하게 자신의 학업 성취도를 평가받을 수 있도록 환경을 만들어주는 존재다. 내가 학생일 때 내가 시험에 집중하고 있는 동안 시험 감독관이 굳이 존재할 필요가 있을까 생각했던 그 순간에도 시험 감독관 선생님은 내가 무사히 그 시험을 치를 수 있도록 지켜주고 있었던 것이었다.

선배 선생님들은 날이 추워질수록 수능 이야기를 자주 꺼낸다. 그러면서 올해 첫 수능 감독관을 하게 될 나에게 선생님들은 수능 감독관을 하며 생긴 에피소드를 이야기해주었다. 듣기만 해도 당황스럽고 식은땀이 줄줄 날 것만 같은 에피소드들을 들을 때면 과연 내가 수능 감독관을 잘할 수 있을까 고민하곤 했다. 어쩌면 그런 생각을 했던 때의 나는 수능 감독관의 역할이 '감시'라고 생각하고 있었기 때문일지도 모른다. 하지만 감독관이 하는 역할이 아이들을 지켜주는 것이라면 이제 자신 있다. 1년 동안 혹은 몇 년 동안 아이들의 노력이 헛되지 않도록 시험 시간 동안만이라도 아이들을 꼭 지켜주고야 말 것이다.

여자 교감 선생님

비나 눈이 오지 않는 이상 점심시간에 선생님들과 식사를 마친 후 꼭 하는 일이 있다. 바로 학교 주변을 세 바퀴 이상 도는 것이다. 소화도 시킬 겸 운동도 할 겸 걷는데 선생님들과 수다를 떨다보면 세 바퀴쯤은 금방 지나간다. 그날은 2학기가 시작된 첫날이었다. 1학기까지 재직하셨던 교감 선생님이 교장 선생님으로 승진하여 다른 학교로 발령이 나셨고 새로운 여자 교감 선생님이 부임하셨다. 그날도 어김없이 점심 식사를 마치고 선생님과 함께 수다를 떨며 학교 주변을 돌았다. 나와 나란히 걷던 선생님이 이런 말씀을 하셨다.

"교직 생활하면서 여자 교감 선생님은 처음이에요."

선생님의 경력이 정확히 얼마나 됐는지는 모르지만 적

나는 임고생이고

어도 1학년 교무실에서 경력이 가장 많으신 편이었다. 그런데 그렇게 오래 교직 생활을 하는 동안 단 한 번도 여자 교감 선생님을 만난 적이 없다니 놀라웠다. 그런데 곰곰이 돌이켜보면 별로 이상한 일도 아니었다. 초등학교를 입학하고부터 고등학교를 졸업할 때까지 12년간의 학교생활 중 내가 만났던 교감 선생님과 교장 선생님은 모두 남자였으니까.

하지만 다시 한 번 생각해보면 정말 이상한 일이었다. 중등교원 기준으로 교사의 남녀 비율은 3:7로 여성이 훨씬 많다. 반면에 교장 선생님과 교감 선생님의 남녀 비율은 7:3으로 남자가 훨씬 많다. 어째서 이러한 현상이 나타나게 되었는지 선생님과 마지막 바퀴를 돌면서 함께 생각해보았다.

"여자가 육아 휴직을 더 많이 사용해서 승진 점수에 방해가 되었을까요?"

"예전에는 육아 휴직 쓰기도 어려웠는걸요. 뭐."

"그럼 도대체 무슨 이유 때문에…"

"승진을 원하는 사람이 적었을 수도 있죠."

아무리 생각해봐도 그 이유를 찾기에는 1년차인 나에게 역부족이었다. 하지만 이 사실만은 분명히 알 수 있었다. 초등학교부터 고등학교까지 대부분 남성인 학교 관리자를 보고 자란 학생들은 '관리하는 일은 대부분 남자가 해야 마땅한 일이구나.'라는 사실을 내면화하게 될 것이고 성인이 되어 사회에 나갔을 때에도 대부분의 정치인과 기업의 임원들이 남성인 것을 당연하게 받아들이게 될 것이다. 그렇게 된다면 미래 사회가 현재 사회와 별반 다를 것 없게 되겠지.

학교는 생각보다 보수적인 공간이고, 늘 느리게 변화하는 곳이다. 그래서 그 속에 있다 보면, 밖에서 봤을 때 이상한 것들을 전혀 눈치채지 못할 때가 종종 있다. 교사인 우리는 그 사실을 잊어서는 안 된다. 우리가 살고 있는 사회는 어쩔 수 없다고 한들 학생들에게 앞으로 펼쳐질 미래 사회에도 이렇게 불공평하며 납득할 수 없는 상황을 넘겨주어선 안 되기 때문이다. 그런 의미에서 남자 교사의 수와 여자 관리자의 수가 늘어나서 학교 안 구성원의 남녀 비율이 동등한 학교의 모습을 하루 빨리 보고 싶다.

지금의 내 모습을
응원해주세요

누군가를 응원한다는 것은 과연 어떤 의미일까? 지금 하고 있는 일이 잘 되기를 바라는 것, 결과에 상관없이 늘 편이 되어준다는 뜻이 아닐까 생각한다. 심지어 내가 하려고 하는 일에 이미 종사하고 있는 '선배'가 나를 응원한다는 것은 희망과 바람을 넘어서 인정받는 일이 분명하다. '너라면 이 일쯤은 충분히 해내고도 남아.'라고 말이다.

선생님이 되고 스스로 선생님이라는 직업이 정말 나와 잘 맞는다고 느꼈던 적이 한두 번이 아니다. 50분 동안 수업을 하고 나서 힘들다는 생각보다는 아이들과 대화를 주고받으니 나에게 더 힘이 난다고 생각될 때, 아이들의 작은 표현으로 보람과 행복을 느낄 때, 동료 장학에서 선생님들에게 수업으로 인정받았을 때, 이 외에도 잘 맞는다고 생각하는 점을 찾으라고 하면 밤을 새워가며 찾을 수 있다. 물론 선배 선생님들에 비해 부족한 점투성이지만 아이들이 나를 사랑해주고 내가 아이들을 사랑하는 한 계속 학교에 머물지 않을까 싶다.

내가 더욱더 학교에 머물러야겠다고 다짐을 할 때가 있는데 바로 선배 선생님들이 이런 말씀을 해줄 때다.

"보영샘은 선생님이라는 직업에 안성맞춤인 것 같아요."

"보영샘 같은 선생님들이 학교 현장에 더욱 많아져야 교육계의 미래가 밝을 텐데요."

지난 몇 년 동안 목말라 있던 '인정'이라는 폭포수를 맞는 것만 같아서 한껏 구겨져 있던 자신감이 시원하게 펴졌다. 이렇게 선생님들이 선생님으로서 나의 가능성과 잠재력을 발견하고 인정해줄 때면 마치 숙제를 잘해서 칭찬을 받는 학생처럼 기뻐하곤 했다. 하지만 대부분의 선생님들의 칭찬은 미래지향적이어서 늘 나의 미래에 대한 선생님의 바람과 희망까지도 함께 보태곤 하셨다.

"보영샘, 이번에도 임용고시 보죠? 이번에는 꼭 합격할 수 있을 거예요."

"보영샘, 꼭 임용고시 합격하세요."

'너라면 분명 해낼 수 있을 거야.' 사실 이 말은 내가 학생들에게 가장 많이 하는 말 중 하나다. 아무에게나, 아무

나는 임고생이고

때나 하는 흔한 말은 절대 아니었고 학생의 가능성과 잠재력이 돋보여 몇 년이라도 먼저 인생을 살아온 선배로서 아이의 미래가 훤히 내다보일 때 진심으로 하는 말이었다. 지금은 이 상황이 어렵게 느껴지겠지만 조금만 더 노력하면, 더 버티면 너는 해낼 수 있을 거라는 의미로 말이다. 그런데 어쩐지 내가 좋은 뜻으로 했던 그 말을 직접 듣게 되니 더 이상 학생들처럼 순수하지 않은 나의 못난 마음은 괜히 선생님들의 응원을 비꼬아 받아들였다.

'기간제 교사인 보영샘은 아직 완벽하지 않아요.'

어째서 선생님들의 따뜻한 응원을 비꼬아 듣게 된 것일까? 가만히 생각해보면 나는 더 이상 임용고시를 볼 생각이 없는데 선생님들은 내가 당연히 임용고시를 볼 것이라고 생각하고 있었기 때문이었다. 그러니까 여기서 '당연히' 그렇게 생각했던 것이 잠자던 나의 못난 마음을 깨웠던 것이다. 기간제 교사는 학교에 정말 필요한 존재다.

정교사인 선생님들이 육아휴직, 병가 등의 이유로 장기간 학교를 비워야 할 때 그 빈자리가 느껴지지 않도록 짧은 시간 동안 빠르게 학교생활에 적응하여 수업, 동료 교사, 학교 행정업무에 어떠한 결손이 일어나지 않도록 해주는 역할을 하기 때문이다. 내가 생각하는 기간제 교사의 역할은 마치 SF 영화 속 위험에 빠진 세계를 구하는 히어로 같은 존재다. 그렇기 때문에 기간제 교사는 불완전한 존재가 아니라고 생각한다.

어쩌면 조금 비뚤어진 나의 큰 바람일지도 모르지만 앞으로는 지금 있는 그대로의 나에 대해서만 응원해주면 좋겠다는 생각을 한다. 아직 사회 초년생인 나는 여전히 많은 사람들의 칭찬이 필요한 학생과 별반 다르지 않다고 생각한다. 그러니 선배님들 부디 저의 이런 못난 마음을 귀여운 투정으로 봐주세요.

아직은 진짜 선생님이
아닌 걸까

　여름방학이 끝나고 2학기도 온라인 개학을 했다. 온라인 개학도 처음에만 의아하고 이상했지만 한 번 해보고 나니 2번 만에 벌써 익숙해졌다. 아이들이 학교에 없는 상황에서 학생 상담 주간이 시작되었다. 전혀 당황하지 않고 아이들과 전화로 상담을 하기 시작했다. 이제 아이들도 더 이상 나와 전화로 소통하는 것이 전혀 어색하지 않은 듯했다. 그날은 2학기 반장과의 상담이 있던 날이었다. 2학기에 의무적으로 실시간 수업이 생겨나면서 학급 친구들이 제시간에 수업에 참여할 수 있도록 매수업 시간마다 반장과 부반장이 친구들에게 연락을 돌리느라 고생이 이만 저만이 아니라는 것을 잘 알고 있었다.

　본격적인 상담을 시작하기 전 수고하고 있는 반장에게

역할을 잘해주고 있다고 고맙다는 말과 함께 힘든 일은 없는지 물었다. 성실하고 책임감이 강한 반장은 힘든 일이 없다고 웃으며 대답해주었다. 상대방을 잘 배려할 줄 알고 도움이 필요한 친구들에게 아낌없이 도움을 주길 원하는 그 예쁜 마음이 담임으로서 참 고마웠다.

반장은 언어와 외국어 영역에 소질이 있다는 것을 스스로 잘 알고 있었다. 그리고 자신이 과학보다 언어와 외국어를 좋아하고 잘한다는 사실을 담임 선생님인 나에게 말하는 것이 미안한 듯했다. 반장은 그만큼 사소한 것으로도 상대방의 마음이 상하지 않을까 염려하고 살필 줄 아는 세심한 학생이었다. 그런 반장의 다정함, 세심함, 상냥함이 문득 교사와 참 잘 어울릴 것 같다는 생각이 들어 외교관과 영어 관련 진로를 고민 중이라는 반장에게 영어 선생님이 되어보면 어떻겠냐고 물었다. 그러자 반장은 내게 이렇게 말했다.

"그렇지 않아도 한때 영어 선생님이 되고 싶어서 선생님이 어떻게 되는지 검색해봤는데요. 선생님이 되는 게 정말 어렵더라고요. 선생님, 진짜 대단해요. 선생님, 정말 존경합니다."

반장의 존경한다는 표현에 당황스러워 어떻게 반응해야 할지 몰라 "갑자기? 그래, 고마워."라고 어색하게 웃어 넘겼다. 반장과의 상담이 끝나고 조용한 상담실에 혼자 앉아 아까 느꼈던 마음에 대해 생각해보았다. 존경한다는 말에 부끄럽기도 하고, 기분이 좋기도 하고, 미안하기도 하고, 스스로가 자랑스럽기도 한 이 마음에 대해 말이다. 생각하면 생각할수록 마음이 복잡해지자 수정이와 보리가 함께 있는 단체톡방에 투정부리듯 내 마음을 털어놓았다.

보영 얘들아, 우리 반 반장이 선생님이 되는 게 참 어려운 일이라고, 나한테 존경한대. 근데 있지 나는 그 말을 듣고 속으로 무슨 생각을 했는 줄 알아? '과연 반장이 내가 기간제 교사라는 사실을 알고도 나에게 똑같이 존경한다는 말을 해줬을까?' 이런 생각을 했어. 부끄럽게도….

수정 내가 고등학생일 때 우리 반 전체가 엄청 좋아하고 잘 따랐던 시간강사 선생님이 계셨어. 처음부터 선생님이 시간강사라는 것을 알면서도 엄청 좋아했던 기억이 나. 국어 선생님이셨는데 재밌게 잘 가르쳐주시고 인생에 도움 되는 말씀도 많이 해주셔서 늘 국어시간이 기다려지곤 했어. 어쩌면 아이들에게 네가 기간제 교사건 정교사건 그건 중요하지 않을지도 몰라. 아이들은 그냥 담임 선생님인 너를 있는 그대로 존경하는 걸지도 몰라.

보리 언니가 학생 상담해주다가 갑자기 우리한테 상담받네?

웃기다. 나도 고등학생 때 '기간제'라는 개념에 대해 잘 몰랐는데 한 번은 체육 선생님이 갑자기 아프셔서 짧은 기간 동안 기간제로 오신 선생님이 있었어. 그때 기간제라는 개념을 알게 되었고, 반 애들 모두가 그 선생님이 기간제 선생님이신 거 다 알았거든? 근데 젊은 여자 선생님께서 우리랑 소통도 잘 되고 잘 맞아서 애들이 진짜 좋아했었어. 어쩌면 그때 우리가 너무 순수해서 선생님들을 '기간제'와 '정교사'로 나누지 않았을지도 모르지만 보통은 아이들이 그 사실을 알더라도 신경쓰지 않았어. 그냥 좋은 선생님이 좋은 선생님이지. 그냥 언니가 아이들한테 좋은 선생님인 거야.

수정이와 보리의 말을 듣고 나니까 내가 왜 그런 감정을 느꼈는지 확실히 알 수 있었다. 반장의 존경한다는 한 마디를 듣고 초임 교사로서, 기간제 교사로서 잘하고 있다고 인정을 받는 것만 같아서 내 스스로가 참 자랑스러웠고 기분이 좋았다. 하지만 반장이 존경한다고 말한 대상이 어쩌면 담임 선생님인 내가 아니라 임용고시를 합격하여 1급 정교사 자격증을 취득한 정교사가 아니었을까 싶었다. 반장의 말을 곡해한 것이라면 미안했고, 만약 그게 사실이라면 잠시라도 기뻐하고 스스로 자랑스럽다 여겼던 내 자신이 부끄러울 일이었다. 이 2가지 생각이 내 마음에 자리 잡고 있어서 동시에 그런 복잡한 감정이 들었던 것이었다.

사실 반장과 통화를 하면서 담임 선생님인 나에게 존경한다고 표현했다는 것을 이미 알고 있었다. 반장의 목소리와 말투에서 나를 얼마나 좋아하고 믿어주는지 충분히 느껴졌기 때문이다. 하지만 여전히 내 마음 속 어딘가 자리 잡고 있는, 임용고시를 포기했다는 실패감과 열등감이 학생의 순수한 마음을 왜곡하여 받아들이게 만들었다. 그 사실을 깨닫는 순간 내 자신이 참 못나게 느껴졌다.

나는 임용고시와 기간제 교사, 이 두 선택지 중에 기간제 교사를 선택한 것에 대해 만족스러웠다. 선생님이 되어 아이들을 만나 느낄 수 있는 행복, 사랑 그리고 그동안 간절히 원했던 수업을 한 뒤에 오는 자아실현감, 담임 선생님으로서 한 학급에 소속되어 아이들과 주고받는 다양한 상호작용, 이 모든 것들을 1년이라도 빨리 누릴 수 있다는 사실에 참 감사했다. 하지만 어쩌면 앞으로 기간제 교사로 살아가는 동안 현장에서 학생들에게 사랑을 받으며 불쑥불쑥 임용고시를 선택하지 않은 것에 대한 후회와 합격하지 못했다는 실패감과 열등감이 찾아올지도 모른다.

그건 내가 못나서, 부족해서 느끼는 부정적인 감정이라기보다는 2가지 선택지 중에 선택하지 못한 것에 대한 후회일 뿐일 것이다. 만약 2가지 중 하나를 선택해야 했던 그때로 돌아갈 수 있다고 하더라고 나는 분명 다시 당장이라도 학교로 뛰쳐나가는 것을 선택했을 것이다.

반드시 나를 존경한다고 말해줬던 반장을 비롯한 나를 진짜 선생님으로서 사랑해준 학생들의 순수한 마음을 있는 그대로 받아들이고, 그보다 더 따뜻하고 커다란 사랑으로 아이들을 아껴줄 수 있는 좋은 선생님이 될 것이다. 좋은 선생님이 되는 조건에 기간제인지 정교사인지는 중요하지 않으니까.

기간제 교사의
월동 준비 I

출근길, 피부에 닿는 공기가 점점 차가워지는 것을 보니 겨울이 코앞까지 다가왔음을 실감한다. 겨울이 다가오는 만큼 교무실의 분위기도 묘하게 달라짐을 느낀다. 점점 추워지는 바깥 공기와 다르게 생활기록부를 열심히 작성하시는 선생님, 아이들의 2학년 반배정 목록을 꼼꼼하게 확인하시는 선생님, 마지막 지필평가가 끝나 부리나케 서술형 답안지를 채점하시는 선생님, 성적 마감을 하시는 선생님 등 선생님들 각자만의 월동 준비로 교무실의 공기는 오히려 뜨겁기만 하다. 때마침 그때, 바쁜 분위기 속 나의 호기심을 자극하는 여러 개의 목소리가 들려온다.

"선생님은 내년에 몇 학년 쓰실 거예요?"

"저는 1학년이요. 선생님은 내년에 다른 학교 가셔야

하잖아요. 내신 쓰셨어요?”

　“내년에는 담임 안 하려고요. 올해 너무 힘들었잖아.”

　내년에 이 학교에 남아 있을 수 있는지 혹은 다른 학교로 전근 가야 하는지 운명이 확실하게 정해져 있는 선생님들의 대화였다. 즉 내년에 이 학교에 있을 수 있는지 없는지도 모르는 나와는 전혀 상관없는 이야기였다. 한 치 앞의 미래도 몰라 멍하니 앉아 있는 나와 달리 대화를 나누시는 선생님들의 얼굴에서는 내년에 원하는 업무를 맡지 못 할 가능성에 대한 걱정, 새로운 학기를 맞이하게 될 설렘, 다른 학교로 가야 할 서류를 준비하는 분주함 등이 느껴졌다. 나 혼자만 다른 공간에 있는 듯한 기분이 들어 복잡한 마음을 달랠 겸 잠시 교무실을 탈출하여 복도를 걷기로 했다. 아이들이 없어서 유독 더 한기로 가득한 복도를 걷는데 학기가 끝나기 고작 한 달을 앞두고 채용되신 시간 강사 선생님을 마주쳤다. 선생님에게 인사를 하며 혹시 선생님도 지금 나와 같은 마음이실지, 조심스레 동질감을 느껴보고 싶었다.

　작년에 근무했던 학교에서도 이맘때쯤에 선생님들 사이에서 비슷한 대화들이 오고 갔던 기억이 있다. 학교에서 학기말이 되면 다음 학기를 준비한다. 휴직계를 낼 선생님은 몇 명이고고, 휴직을 마치고 돌아오는 선생님은 몇 명이며, 다른 학교로 전근 갈 선생님은 몇 명인지 조사하여

　　　　　　　　나는 임고생이고

충원해야 할 인력을 파악한다. 전근 가는 선생님의 수와 돌아오는 선생님의 수는 (아이들의 선택 과목 수에 따라 조금씩 변동이 있지만) 대개 일치하며 학교에 소속된 정교사의 수가 파악되면 휴직계를 낸 선생님들의 빈자리를 기간제 교사를 채용하여 채우게 된다.

정교사와 기간제 교사의 가장 기본적인 차이는 임용고시 합격 여부다. 시험에 합격한 정교사는 발령받은 학교에 소속되어 다음 학교로 전근 가기 전까지의 일자리를 보장받으며 육아 휴직과 다양한 휴직계를 사용할 수 있는 혜택이 주어진다. 그렇지 않고 사범대학 혹은 교육대학원을 졸업하거나 교직 이수를 하여 중등 교사 2급 자격증을 소지한 선생님은 국공립 및 사립 학교의 해당 과목 기간제 교사로 일정 기간 동안 학교와 계약을 맺어 근무할 수 있다. 기간제 교사는 학교에서 정해진 업무와 수업을 해야 한다는 점에서는 정교사와 동일하지만 육아 휴직이나 다양한 휴직의 혜택을 받을 수 없다는 것과 계약이 끝난 후 다음 일자리를 보장받을 수 없다는 차이점이 있다.

시간 강사는 기간제 교사처럼 일정 기간 학교와 계약을 하고 근무하는 것은 동일하지만 정교사, 기간제 교사와 다르게 업무가 따로 없으며 해당 과목 수업만 담당하고 시간표상 수업이 끝나면 일반 교사들의 퇴근 시간보다 일찍 퇴근할 수 있다.

사실 누군가 먼저 본인을 기간제 교사라고 소개하지 않는 이상 함께 근무하고 있는 선생님들이 기간제 교사인지 정교사인지 구별하기는 어렵다. 그만큼 과거에 비해 기간제 교사의 처우가 많이 개선되었고 최근에는 3년차 이상의 정교사에게만 수강 자격이 주어졌던 '1급 정교사 자격 연수' 흔히 '1정 연수'를 기간제 교사도 수강할 수 있게 되었다. 아직 20대의 젊은 기간제 교사인 나의 시선에서 바라본 정교사가 가진 일자리 안정성과 다양한 혜택은 그렇게 큰 차이로 느껴지지 않았다. 다시 이야기하면 그러한 혜택을 얻기 위하여 나의 젊음을 희생해 어렵고 지긋지긋한 임용고시를 다시 준비하고 싶지는 않다는 의미다.

　　그럼에도 불구하고 떠날지 말지를 선택할 수 있는 것과 그럴 수 없는 것은 아주 큰 차이이다. 선생님들과 1년 동안 함께 일했던 교무실을 동시에 떠나지만 이곳에 남을지, 다른 교무실로 이동할지 선택할 수 있는 선생님들과 어쩔 수 없이 자리를 비워야 하는 나는 분명 다르다. 작년 한 해 동안 일했던 선생님들이 너무 좋아서 떠나고 싶지 않은데…. 학교와의 계약이 끝나면 떠나야 한다니…. 나의 월동 준비는 유난히 춥고 쓸쓸하기만 하다.

기간제 교사의
월동 준비 II

"선생님~, 저희 2학년 담임 선생님 해주세요."

"선생님~, 저 선택과목 화학 I 선택했어요. 내년에 선생님이 화학I 담당해주세요."

"선생님~, 우리 반이 너무 좋아요. 선생님까지 다 포함해서 그대로 2학년 올라가면 안 될까요?"

2학기가 시작되고 이별까지의 시간이 얼마 남지 않았음을 직감한 아이들은 이런 비슷한 말을 매일 입에 달고 살았다. 모두 내년에 내가 이 학교에 남아 있다는 전제를 바탕으로 한 문장이었다. 내년의 상황을 아직 모르는 나로서는 모두 대답할 수 없는 말들이라 나는 아이들에게 쓸쓸한 웃음을 지어 보이며 그것으로 대답을 대신해야만 했다.

매일 아침 조례, 종례 시간 할 것 없이 나를 보기만 하면 헤어짐을 아쉬워하는 투정을 부리던 아이들이었는데 어느 순간부터 갑자기 아이들의 반응이 차가워지기 시작했다. 설마 아이들이 더 이상 나를 사랑하지 않는 것인가? 지금까지 나에게 했던 귀여운 투정들은 거짓말이었던 건가? 서운함이 밀려오려던 찰나, 선배 선생님이 이런 말씀을 해주셨다.

"애들이 정을 떼는 거예요."

아이들은 헤어짐에서 올 후폭풍을 대비하여 스스로 마음의 준비를 하고 있었던 것이다. 그 말을 듣고 보니 아이들이 나를 바라보는 눈 속에서 아쉬움이 잔뜩 묻어 있다는 것을 눈치챌 수 있었다. 아직은 헤어짐과 익숙하지 않은 아이들이 각자만의 방법으로 월동 준비를 하고 있었던 것이었다. 그 눈을 보고 나는 속으로 조금 울었다. '이 학교에 남을 수 있었으면 좋겠다.'라는 마음이 가장 강해졌을 때 교감 선생님이 드디어 호출을 하셨다. '제발…. 제발….' 간절한 내 마음과 달리 교감 선생님은 휴직을 하셨던 선생님이 돌아오기로 결정을 했다며, 아쉽지만 내년에 다른 학교를 알아봐야 할 것 같다는 소식을 담담하게 말씀해주셨다.

학교를 떠나야 한다는 소식을 듣고 나서 나 역시 아무도 모르게 아이들과 정을 떼기 위해 노력했다. 그렇게 정말 오지 않을 것만 같았던 마지막의 마지막 날이 되었고 아이들에게 겨울방학 동안 지켜야 할 안전 수칙, 코로나 19 방역 수칙, 2학년 준비 일정 등을 안내한 뒤 담담한 목소리로 이별을 이야기했다.

"사랑하는 11반, 정말 아쉽지만 선생님은 내년에 다른 학교로 가게 되었어요."

31명의 아이들의 눈을 하나하나 맞추며 이야기하는데 눈물이 왈칵 쏟아질 것 같은 마음을 간신히 붙잡고 마지막까지 웃으며 인사했다. 그렇게 마지막 종례가 끝나고 열댓 명의 아이들은 아쉬움에 교실을 떠나지 않은 채 나에게 이런저런 질문을 해왔다. 선생님 왜 가시는 거예요? 안 가면 안 돼요? 어느 학교로 가세요? 혹시 결혼 하세요? 선생님 학교 꼭 알려주셔야 해요. 제가 찾아갈게요.

학교에서 기간제 교사로서 근무하며 만족감을 느끼며 지내왔다. 임용고시 준비를 하며 늘 목말라 있던 아이들과의 학교생활을 마음껏 누릴 수 있음에 감사했고, 걱정했던 것과 달리 다른 직업군의 계약직에 비해 기간제 교사가 받는 정교사와의 차별이라든가 불이익이 거의 없어서 또 감사했다. 이 정도의 차별쯤은 가능성이 없는 임용고시를 치러 정교사로서 받을 수 있는 혜택을 가볍게 포기할 수 있을 만큼 아이들과의 학교생활이 좋았다. 하지만 올해 처음으로 담임 교사를 하며 아주 잠깐 다시 임용고시를 봐야 할까 고민하게 되었다. 만족스러운 기간제 교사 생활을 하던 나를 흔든 것은 정교사의 혜택도 안정성도 아닌, 다름 아닌 아이들이었다. 아이들이 2학년, 3학년이 되어 졸업하고 성인이 되어가는 모습을 볼 수 있는 정교사의 특권이 처음으로 부러웠다.

월동 준비를 한다고 했는데, 11반과 이별한 후 나의 겨울은 어쩐지 더 추운 것만 같다.

너희와 만난 건
운명이야

　한 해가 끝나가는 무렵 등사실에서 동교과 선생님을 만났다. 한 해가 어떻게 지나갔는지 모르겠다며 유독 힘들었던 2020년을 되돌아보며 이런저런 이야기를 하고 있을 때였다.

　"선생님 내가 재미있는 이야기 하나 해줄까요?"

　재미있는 이야기라며 왠지 말씀하시기를 망설이시던 선생님은 어차피 한 해가 무사히 지나갔으니 그냥 말해주겠다며 이야기를 시작하셨다.

　"원래는 내가 1학년 11반 담임이었어요. 그런데 수업시간표를 보니, 1학년 11반은 가르치지 않아서 3학년으로 바뀌게 되었고, 그 자리에 기간제 선생님이 오셨는데 개학식 날 말씀도 없이 그만두시는 바람에 보영샘이 오시게 된 거예요.”

　원래 계시던 기간제 선생님이 갑자기 그만두셔서 갑자기 내가 기간제 교사로 채용되었다는 이야기는 학년 부장님에게 들었던 적이 있었다. 그런데 그 전에도 이미 한 번 담임 선생님이 바뀌었다는 이야기는 처음 듣는 말이었다. 그리고 아마도 기간제 선생님이 그만둔 이유와 동교과 선생님이 학년을 바꾸게 된 이유에는 우리 반 학생 중 중학교 때, 흔히 말해 ‘사고를 쳐서’ 유명해진 학생들이 있기 때문이겠거니 어렵지 않게 추측해볼 수 있었다. 왜냐하면 처음 이 학교에서 근무하며 가장 많이 들었던 말 중 하나가 ‘선생님이 11반 담임 선생님이시죠? 그 학생은 요즘 잘 지내나요?’였기 때문이었다.

　고등학교에서 담임 교사로 근무하며 느낀점은 초등학교에서 교과 전담 교사로 근무했을 때보다 대부분의 정교사와 비슷한 상황에서 일을 하다 보니 겉으로 보았을 때 정교사와 다른 점을 찾기 어려워 차별이 없어 보인다는 것이었다. 실제로 차별이 별로 없기도 했지만, 굳이 ‘없어 보인다.’라고 표현한 이유는 제도적으로 이미 차별을 받고 있기 때문이다.

　정교사는 학기 말이 되면 내년에 근무를 희망하는 업무와 학년을 선택할 수 있다. 대부분의 선생님들은 같은 월급을 받고 일하는 것 이왕이면 쉬운 업무와 좋은 구성원으

　　　　　　　　　　　　　　나는 임고생이고

로 이루어진 학급을 선택할 것이다. 만약 나에게도 선택할 기회가 주어진다면 나였어도 그렇게 했을 것이다. 그래서 '선택'을 할 수 있다는 것은 엄청난 권리이고 이를 남용하였을 때 차별이 생긴다. 그렇게 해서 남은 업무와 남은 학급은 기간제 교사에게 가게 된다. 정교사들이 선택하고 '남은' 업무와 학급은 어렵고 남들이 기피하는 것일 게 분명하다. 선배 기간제 선생님의 이야기를 들어보면 어떤 학교에서는 면접에서 대놓고 물어보는 경우도 있다고 한다.

"이 학급에는 지도하기 어려운 학생들이 대부분 모여있는데 감당하실 수 있으시겠어요?"

어떤 이들은 이게 왜 차별인지 의문을 가질 수도 있을 것이다. '남은' 업무와 학급을 맡기 싫으면 즉, 좋은 업무와 학급을 '선택'하고 싶으면 임용고시에 당당히 합격하고 오라고 말할지도 모른다. 그게 바로 정교사의 정당한 권리라고 말이다. 하지만 다시 생각해보면 기간제 교사는 말 그대로 학교가 정상적인 교육과정을 펼치는 데에 꼭 필요한 인력으로서 어려운 상황에 학교에서 최대한 빠르게 적응하여, 최대한 효율을 내야 하는 자리다. 기간제 교사는 이미 그 자리만으로도 힘든 상황에 놓여있어 차별이 아닌 배려를 받아야 하는 존재다. 그래도 아직 잘 모르겠다면 기간제 교사 입장에서는 같은 논리로 이런 생각을 할수 있지 않을까? '정교사야말로 그 어렵다는 임용고시에 합격하셨는데 어려운 업무와 학급을 맡는 것이 당연한 것이 아닐까?'하고 말이다.

최근에 읽은 책《선량한 차별주의자》에서 '차별'이라는 단어에 대해 다시 생각하게 만들어준 문장이 있다. "나에게 아무런 불편함이 없는 구조물이나 제도가 누군가에게는 장벽이 되는 바로 그때, 우리는 자신이 누리는 특권을 발견할 수 있다." 정교사와 기간제 교사의 차별은 정교사가 누리고 있는 혜택과 직업의 안정성으로 이미 충분하다. 그 이외의 제도적·사회적 차별은 사라져야 마땅하다. 기간제 교사를 무시하고 멸시하는 사회적 차별은 현직 기간제 교사인 내가 느껴본 적 없을 정도로 아주 많이 개선되었지만, 제도 자체의 차별은 여전히 남아 있다. 정교사의 '선택'으로 인해 기간제 교사가 자꾸만 기피 업무와 학급을 떠맡는 상황이 지속 된다면, 그래서 기간제 교사가 불합리함을 느끼게 된다면 그것은 분명한 차별이 될 수 있음을 학교 관리자님들이 알고 있었으면 좋겠다. 그래서 꼭 기간제 교사가 아니더라도 비교적 경력이 낮아 선택의 폭이 좁거나, 선택을 하더라도 의견이 무시되는 선생님들이, 직업인들이 없어졌으면 좋겠다.

그래서 나는 그 이야기가 하나도 재미있지 않았다. 그 선생님이 한 말은 마치 아이들을 포기한 것처럼, 기간제 교사를 차별했다고 고백하는 것처럼 들렸기 때문이다. 그럼에도 불구하고 동시에 선생님에게 감사했다. 선생님이 다른 선택지를 선택해서 나와 아이들이 만날 수 있었기 때문이다. 앞으로 기간제 교사로 여러 학교에서 근무하게 될 때, 이처럼 선택받지 못한 업무와 학급을 맡게 되는 경우가 분명 대부분일 것이다. 그럴 때마다 다른 사람들은 몰라도 나 스스로 '이번에도 선택받지 못한 아이들과 만나게 되었네.'라고 생각하고 싶지 않다. 물론 올해 아이들과 지내며 그런 생각은 한 번도 해본 적이 없지만 말이다.

아이들은 잘못이 없다. 그저 나에게 선택할 수 있는 권리가 없어 아이들이 나를 선택한 것이다. 그래서 우리는 만나게 될 운명이었다고, 아이들이 나를 선택한다면 절대 너희들을 놓치지 않을 것이라고, 나는 아이들에게 약속할 뿐이다.

PART IV

지혜로운 기간제 교사 생활 2

_ 나는 임고생이고 기간제 교사입니다

박수정

기간제 교사가 된
임고생

내 책상 앞에는 그간 치렀던 임용고시 수험표 4장이 붙어 있다. 초수에는 대단히 준비한 것은 아니었기 때문에, 떨어졌을 때도 마음이 많이 아프지 않았다. 오히려 1차 컷 점수에 가까워서 기쁜 감정이 컸던 것 같다. 그러나 그 이후로 봤던 3번의 시험에서 받았던 불합격 통보는 견디기가 쉽지 않았다. 그동안 살면서 시험을 크게 망한 적도, 시험으로 좌절을 경험한 적도 없었기에 임용고시로 겪은 몇 번의 실패는 충격이 너무 컸다.

임고생이 되고 이렇게 재시험을 위해 공부하는 시간이 불편했다. 나를 무기력하게 했다.

'이번에 떨어지면 기간제 병행해야지.'

결국 시험에 4번 떨어지고 난 다음에서야 기간제 자리

를 알아보기 시작했다.

임용고시 준비와 기간제 교사 일을 병행하기로 한 몇 가지 이유가 있었다. 가장 큰 이유는 내가 왜 선생님을 하려고 했는지 잊어버렸기 때문이었다. 대학생 때 했던 교육봉사와 교생실습의 기억은 잊은 지 오래였다.

지금 공부하고 있는 임용고시 내용은 학교에서 가르치는 교과 내용 간의 괴리가 컸기 때문에, 임용고시를 준비하며 공부한 내용을 당장 학교에서 아이들에게 가르쳐야겠다는 기대감도 없었다. 교육학은 시험을 보기 위해 만들어진 학문은 아닐까 할 정도로 현실감이 전혀 없다. 어제가 오늘인지, 오늘이 어제인지 모르게 공부만 하다 보면, 내가 왜 여기 앉아 있는지 까먹을 때가 많았다. 네 번째 임용고시에서 떨어지고 난 다음, 내가 지금 공부하는 이유를 되찾지 못하면 영원히 붙지 못할 시험이라고 생각했다.

또 다른 이유는 열등감 때문이었다. 벌써 스물일곱이 되었는데, 이렇게 알바를 전전하며 공부만 하고 있는 게 맞는지 종종 의문이 들었다. SNS에서 보이는 고등학교 친구들은 벌써 번듯한 직장 생활을 한 지 오래였다. 부럽기도 하고 그 친구들은 지금 나를 어떻게 바라보고 있을지에 대한 두려움도 컸다. 물론 나도 잘 알고 있었다. 세상 사람들은 자신만의 속도와 길이 있기에, 지금 내가 백수인 것과 그 친구가 번듯한 직장을 가진 것을 비교하는 것 자체가 무의미하다는 것을. 하지만 나는 머리와 가슴이 따로 노는 미성숙한 사람이었다.

부모님은 내가 임용고시를 준비하면서 알바하는 것조차도 마뜩잖게 생각하셨기 때문에 기간제 교사를 병행하는 건 최악의 방법이라고 여기실 것이었다. 기간제 교사 생활에 익숙해져버린 나머지 정교사가 되겠다는 목표를 잊을 거라고 생각할 것이 뻔했다. 물론 나도 염려했던 것이라 열심히 해보겠다는 것밖에는 받아칠 말이 없었다. 부모님을 그 말로는 설득할 자신이 없기에 일단 몰래 기간제 교사 지원 서류를 넣어보기 시작했다.

경력이 전혀 없어서 단번에 1차 서류면접에 붙을 거라는 기대는 하지 않았다. 대신, 하나라도 붙어보자는 마음으로 자기소개서를 열심히 썼다. 교직경력과는 연결 짓지 않을 수 있는 취미나 특기, 성격 등을 강조하는 전략을 썼다. 그동안 거의 매일 같이 썼던 일기와 편지가 큰 도움이 되었다. 번지르르하게 멋진 말로 나를 포장하면서도 '어, 나는 이렇게 훌륭한 사람은 아닌데….' 라는 생각에 부끄러워지곤 했다. 다행히도 예쁘게 잘 포장된 자기소개서를 보고 속아주는 학교 몇 곳에서 연락이 왔다.

처음으로 지원한 학교에 덜컥 합격했을 때, 오랜 갈증이 한 번에 해소되는 느낌이었다. 4년 동안 그토록 원했던 '인정'을 받는 기분이었다. 경력이 없으면 1차 서류 전형에서 30번은 떨어진다는 말을 많이 들었는데, 한 번에 붙으니 너무 짜릿하고 행복했다. 1차 합격 전화를 받고 바로 다음 날이 면접이라 부랴부랴 준비했다. 내가 지원한 학교의 중점 추진과제는 무엇인지, 몇 학급인지, 특수학급이 있는지 알아보고 교목과 교화가 자작나무와 목련인 것도 외워갔다. 배움중심수업과 혁신교육, 경기도 핵심역량 등 내가 지금 할 수 있는 것은 다 공부해간 것 같은데, 면접을 봐보니 내가 그때 할 수 있는 건 없었다.

정말 오랜만에 블라우스를 껴입고 또각또각 설레는 발걸음으로 학교에 들어섰다. 아이들이 재잘거리는 소리가 창문으로 새어 나오는데 솔직히 조금 두려웠다. 아이들 가르치는 걸 그동안 너무 상상 속 판타지 영화처럼 그려왔던 것 같았다.

'내가 30명 앞에 설 수 있을까?'

아마 그때부터 면접이 꼬이기 시작했던 것 같다. 나는 이미 나에게 자신감이 없었던 것이다.

2층 영어 교실 앞에 '기간제 교원 면접 대기실'이라는 간이 풋말을 보고 안으로 들어갔다. 먼저 와 있던 중년 여성분과 가벼운 목례를 하고 가까운 앞자리에 골라 앉았다.

'저 나이쯤이면 경력이 많겠지? 그래도 학교에서 젊은 선생님을 원하지 않을까? 기간제 선생님은 나이가 적어야 대하기 쉽지 않을까?'

치사하지만 내가 순간 그런 생각을 했다. 내세울 게 '나이'밖에 없다는 게 부끄러웠다. 이것마저 사라지면 나에게 뭐가 남을까?

친절한 선생님의 안내를 받아 면접실로 들어갔다. 면접관이 5명이나 있었다. 압도되는 분위기에 어깨가 귀밑까지 쪼그라드는 느낌이 들었다.

"이름과 함께 간단한 자기소개 해주세요."

아, 이보다 더 예측하기 쉬운 질문이 없는데, 내가 이 질문을 받을 거라고 생각하지 못했다.

"아, 제 이름은 박수정입니다. 생명과학 전공이고, 공통과학 복수전공 했습니다."

3초 만에 끝난 자기소개에 나보다 면접관들이 더 당황한 듯 보였다. 그 이후로 나의 보잘것없는 경력 사항에 대한 확인 사살이 이어졌다.

"학생들은 만난 경험은 교육봉사 때가 전부인가요? 학원 강사 경험도 없으신가요?"

"배움중심수업과 혁신교육에 대한 연수 경험은 없으신가요?"

졸업 후에 바로 기간제에 지원했다면, 스물일곱의 나이에 왜 연수경험이나 경력이 없는지에 대한 면접관의 의아한 표정은 보지 않아도 되었을까? 내가 힘들게 공부했던 3년의 시간들이 참 쓸모없게 느껴졌다. 계약 기간이 8월

나는 임고생이고

까진데 그 이후로는 다시 임용고시 준비할 거냐고는 왜 물어보는 걸까? 지금은 모든 질문이 삐딱하게 들렸다. 지금 다시 곱씹어 면접상황을 되돌려보아도 내가 합격할 수 있는 대답은 없었다는 생각이 들었다.

'무난하게 합격'했다는 말

교육학에서 배운 것은 정말 학교 현장에서 쓸모가 1도 없어 보이지만, 아이들이 아닌 나에게 적용되는 경우가 가끔 있다. 그중 하나가 '수행 회피 목표'다. 수행 회피 목표란 자신의 무능력을 회피 및 은폐하고 타인의 부정적 평가를 회피하려고 하는 것을 말한다.

이를 테면, 일부러 아주 어려운 난도의 시험을 선택하고, 좋지 못한 성적을 얻고 난 뒤, '시험이 너무 어려워서 못 봤어.'라고 말하며 나의 낮은 능력치를 숨기려고 하는 것이다. 변명과 합리화의 달인인 나는 이 성취목표 이론을 공부하면서 여간 찔린 게 아니었다.

시험에 여러 번 떨어지면서, 자꾸 다른 사람에게 이 시험의 어려움을 설명하려고 하는 버릇이 생겼다. '객관식이 없다', '교육학과 교과교육론 그리고 전공지식 3가지를 모두 공부해야 한다', '1년에 한 번밖에 시험 기회가 없다', '생물은 특히나 시험 범위가 방대해서 더 힘들다'. 아무도 물어보지 않았지만, 이런 부가설명 없이 임고생이라고 나를 소개하면 스스로가 너무 초라하게 느껴졌다. '어려운 시험'이라는 것을 강조하며 나의 가치를 지키고자 했다.

생물 임용고시 1차 시험 경쟁률은 약 11:1 정도다. 비록 몇백 명 중 1명 붙는 다른 공무원 시험보다는 경쟁률이 낮지만, 시험에 응시할 수 있는 사람이 한정돼 있기 때문에 경쟁률이 낮은 것이지 합격하기가 결코 쉽지 않다. 임용고시는 사범대학 졸업생, 교직 이수자, 교육대학원 졸업생 등 시험에 응시할 수 있는 자격이 따로 필요하기 때문에 이미 거기서 한 번 1차 시험이 치러진다고 할 수 있다. 쉽게 말해, 똑똑한 사람들이 모여서 다시 경쟁하는 것이기 때문에 경쟁 인원이 적다고 합격하기 쉬운 시험이 아니라는 것이다. 예전에 누군가가 "11 대 1이면 할만하네~?"라고 하는 말을 듣고 발끈했던 기억이 있다.

몇 년 전 방송됐던 드라마 〈블랙독〉은 주인공 고하늘이 서울의 사립고등학교에 기간제 초임 국어교사로 일하며 고군분투하는 이야기였다.

고하늘이 업무 메신저를 켜는 방법도 모르고 어리버리한 모습을 보니 나까지 피가 말랐다. 이기적인 학생들에게 상처받고, 동료 교사에게 시기받으며 선배교사에게 수업 자료를 빼앗기는 모습을 보니 조금 겁이 나기도 했다. 기간제와 임용고시를 병행하기로 한 결심이 조금 흔들렸다.

하지만 생각보다 드라마는 학교의 현실 문제가 훨씬 깨끗하게 잘 포장되어 있었다. 기간제 교사로 일하는 친구에게 들었던 것과는 많이 달랐다. 고하늘은 당연하다는 듯 수업자료를 받아가는 이기적인 선생님을 하루아침에 수업 준비에 열정적인 선생님으로 변화시키기도 하고, 처음 해보는 진학부 일을 단숨에 배우는 동시에 본인의 수업 준비 역시 완벽하게 준비했다. 게다가 3학년 담임까지 맡으면서, 심화반 학생들을 대상으로 하는 동아리 일까지 야무지게 소화해냈다.

드라마를 보기 전엔 어리버리한 초임교사가 학교에서 낯설고 어려운 업무에 시달리며 힘들어하는 현실적인 모습을 보면서 공감과 위로를 받을 거라는 기대를 했는데, 고하늘은 초임교사치고는 너무나 완벽한 선생님이었다. 확실히 이건 '드라마'구나 느끼게 된 건, 극 중에서 11월이 되어 임용고시 철이 다가온 때였다. 고하늘은 그 많은 업무를 다 해내고도 내가 보지 못한 사이에 임용고시 공부를 되게 열심히 했나 보다. 그녀는 공립 중등 임용고시 1차 시험과 일하고 있는 사립 대치고등학교의 1차 필기시험을 동시에 합격했다. 고하늘이 1차 합격 결과를 스크린을 확인하는 장면에서 이런 나레이션이 흘러나왔다.

"임용고시 1차 필기시험은 무난하게 합격. 대치고 사립 1차 필기시험도 무사히 합격."

고하늘이 밤 늦게 퇴근하고도 새벽까지 공부했는지, 방학 동안 학생들의 생기부를 쓰면서도 시간 쪼개가며 공부하는 장면은 없었는데 '무난히' 합격이라니. 그토록 힘겹게 공부해서 1차 합격한 임고생이라면 절대 '무난하게'라는 말을 쓸 수 없다. 지금까지 내가 판타지 드라마를 보고 있었구나 하고 확 깨버렸다.

내가 몇 번이고 떨어진 그 어려운 시험을 하루가 모자라게 일을 하면서도 무난하게 붙을 수 있는 시험으로 만들어버렸다. 환자를 3초 만에 스캔하고 병명을 짐작해내는 의사가 나오는 드라마나 멋지게 여주인공을 구하며 총을 쏴대는 군인이 나오는 드라마를 보고 현직 의사와 군인들이 나 같은 마음이 들었을까? 드라마는 드라마로 봐야 하는데 '무난하게' 한 마디에 쓸데없이 마음이 무너져버렸다.

기간제 교사를 하겠다는 마음은 다행히도(?) 변함이 없었고, 고하늘처럼 보이지 않는 곳에서 열심히 공부해서 꼭 합격해야겠다는 의지가 생겼다. 물론 나는 그때, 합격할 때, 입 밖으로 '무난히'라는 말은 절대 안 나올 것 같다.

공무원이 되었습니다

3번의 면접 끝에 중학교 기간제 교사로 채용되었다. 부모님께도 눈물의 호소 끝에 기간제 교사로 일하는 것에 허락을 받아 내었다. 기간제를 준비하는 게 임용고시를 준비하는 것보다 쉬웠다고 말할 순 없지만 2주일 남짓한 시간 만에 그토록 갈망하던 '선생님'이 되었다는 게 조금 허망하기도 했다. 물론 '정교사'의 타이틀은 여전히 원하고 있었다. 남의 시선을 잘 의식하고 불안정한 삶을 싫어하는 나에게 철밥통은 필수요소였다.

서류가 부족해 여러 번 학교에 방문해야 하는 일이 없도록 행정실에서 준비하라고 일러준 서류들을 일찍부터 준비했다. 다음날 워크숍으로 학교에 갈 때 재빨리 제출해서 계약서에 도장을 찍을 셈이었다. 준비해야 할 서류 중

나는 임고생이고

에는 '공무원 채용 신체검사 결과'도 있었다. 이른 아침의 피곤함보다 8시간 공복의 배고픔이 컸던 나는 한시라도 빨리 검사를 받고 밥을 먹기 위해 서둘러 잠자리에서 일어났다. 그러나 바로 병원에 갈 수 없었다. 공무원 채용 신체검사를 하는 병원에 제출할 사진이 필요했기 때문이다. 아침 일찍 문을 여는 사진관을 겨우 찾아냈다. '굶고 자면 아침에 좀 헬쓱해 있겠지.'라는 전날 밤의 기대와는 다르게 얼굴이 호빵처럼 탱탱 부어 있었다. 눈이 부어 쌍꺼풀이 풀리고 눈 앞쪽이 찌그러져 마치 누군가에게 한 방 맞은 것은 몰골이었다. 정교사가 되어 공무원증을 만드는 것도 아니니 크게 개의치 않고 사진을 찍었다. 몇 방 찰칵찰칵 찍더니, 사진 작가님은 모니터에 하나같이 다 못생긴 사진들을 몇 장 띄우며 가장 마음에 드는 표정을 고르라고 하셨다. 0.1이라도 덜 못생긴 사진을 가리킨 후 대기석에 앉아서 기다렸다. 10분 뒤에 작가님은 광이 나는 도자기 피부에 눈이 땡그랗고 얼굴이 갸름해진 내 사진을 보여주셨다. 짧은 시간 동안 인류의 진화를 경험했다. 그래서 작가님이 마음에 드는 '표정'을 고르라고 한 거였구나. 정말 센스 있는 분이었다.

생각보다 잘 나온 결과물 덕분에 기분 좋게 사진을 들고 병원으로 갔다. 다행히 환자가 거의 없어서 바로 접수를 할 수 있었다. 1월 1일에 술집에서 주민등록증을 자랑스럽게 꺼내 보여주는 스무 살처럼 병원 카운터에서 공무원 채용 신체검사 받으러 왔다고 뿌듯한 표정으로 말했다. 간호사님은 담담한 표정으로 소변컵을 건네주셨다. 종이컵에 3분의 1만큼 소변을 담아오라고 하셨다. 당황스럽고 민망했지만 면봉에 채변을 묻혀야 하는 보건증 검사보다는 나았다. 소변검사 이후로는 순식간에 검사가 끝났다. 혈액검사, 시력검사, 청력검사, 색맹검사 등을 했는데, 간호사님들의 '당연히 문제 없을 거니까 얼른 해치울게요.'라는 마음의 소리가 나한테까지 들리는 듯했다.

몇 시간 뒤 결과가 나왔는데, 척추가 약간 휜 것과 B형 간염 항체가 없는 것만 빼면 문제없이 건강했다. 검사를 받는 내내 선생님이 될 준비를 한다는 생각에 들뜨기도 했지만, 지금 내가 1급 정교사에 합격한 상태로 병원에 온 것이라면 얼마나 좋을까 하는 생각을 떨칠 수 없었다. 시작부터 정교사 타이틀에 대한 집착은 꼬리표처럼 나의 머릿속을 따라다녔다.

바쁜 하루를 보낸 덕분에 다행히 다음날 전입 교사 워크숍을 받으러 학교에 갈 때, 계약에 필요한 서류들을 다 준비해갈 수 있었다. 아직도 내가 선생님이라니 믿기지 않았다. 그 순간만큼은 가장 힘들다는 교무부를 맡아도 너무 행복할 것 같았다. 중학교 1학년 신입생들은 몰랐겠지? 내가 얼마나 두근거렸었는지.

잊지마,
나는 임고생이야

기간제 교사를 시작하면서 주변으로부터 가장 많이 들었던 우려는 기간제에 익숙해져서 정교사를 포기하게 될 수 있다는 것이었다. 잠시 몇 년간은 괜찮은 것처럼 느낄 수 있지만 먼 미래를 보았을 때 안정적으로 직장을 다닐 수 있도록 정교사의 꿈을 포기하면 안 된다는 조언을 많이 들었다. 물론 나도 같은 걱정을 하고 있었다. 10년을 갈망했던 교사라는 직업을 기간제일지라도 그렇게 갖게 된다면 행복감에 젖을 것이고, 생각보다 정교사 동료 선생님들과 다를 바 없는 생활에 정교사의 타이틀에 미련을 버리게 될지도 모른다. 그리고 나중에 가서 정교사가 되지 못한 것이 후회되는 순간이 오게 될 수 있다. 그래서 나는 나에게 '임고생'이라는 또 다른 나의 신분을 잊지 않기 위해 임용고시 스터디그룹을 만들어야겠다고 다짐하게 되었다.

초수 때는 학교 도서관에서 지은이와 만나 생물교육론 암기 스터디를 하기도 했지만, 생판 모르는 사람들과 1차 지필 시험 스터디를 해본 적은 단 한 번도 없었다. 먼저 임용고시에 합격한 지은이가 선배들과 임용고시나 MDPEET(약학대학, 의치학대학 입학 시험)의 기출문제를 변형하여 문제를 풀고 서로 피드백을 하는 스터디를 했더니 많은 도움이 되었다고 추천해주었다. 지은이의 조언에 따라 '물화생지' 카페에 스터디원 모집 공고를 올렸다. 생각보다 많은 사람들이 댓글을 남겨서 최종 인원은 예상했던 것보다 많은 6명이 되었다. 스터디를 하다 보면 나중에 몇 명은 나갈 거라 예상했지만, 너무나 다행스럽게도 서로 잘 맞아 약 6개월간 계속 함께하게 되었다. 8월이 되어 1명이 개인적인 공부가 더 필요하다며 떠났고, 나머지 5명은 시험 직전까지 서로에게 긍정적인 영향을 주었다.

6명 중 5명이 학교나 교육업계에서 일을 하고 있어서 비단 공부뿐만 아니라 감정적으로도 서로 통하는 게 많았다. 장수생의 고충, 일 병행 공부의 힘듦을 공감하는 것만으로 서로에게 위로가 되었다. 누구 하나 더 안다고 잘난 체하지 않았고, 많이 틀린 스터디원을 무시하지도 않았다. 본인이 공부하면서 새로 깨친 내용은 문제로 출제하여 스터디원들도 함께 배울 수 있도록 했다. 평일 퇴근 후에 꾸역꾸역 공부하고 토요일엔 벼락치기 해서 일요일에 스터디에 나가는 빠듯한 일정이었음에도, 겸손하고 밝고 똑똑한 사람들과 함께 공부할 수 있어서 중간에 포기하지 않고 피곤을 이겨낼 수 있었다. 스터디 가는 길은 늘 '오늘은 얼마나 많은 문제를 틀릴까?' 근심 걱정을 하게 되지만, 틀린 만큼 많이 배운 뒤 선생님들과 수다를 떨며 집에 가는 길은 언제나 가뿐하고 행복했다.

거리두기 단계가 2.5단계로 격상했던 9월 무렵에는 과거 원격수업했던 경력을 살려 몇 주간 화상 회의로 스터디를 진행하기도 했다. 직접 만나지 않아도 신뢰와 책임감이 두텁게 쌓여 있었기 때문에 문제를 대충 출제하거나 나태해지는 사람이 없었다. 스터디를 진행하는 내내 이 사람들과 다 같이 내년에 스터디룸이 아닌 카페에서 학교 이야기를 나누며 여유로운 시간을 함께 보내는 상상을 하곤 했다. 스터디를 시작한 덕분에 나는 기간제 교사를 하는 내내 내가 임고생인 것을 잊지 않고 계속 공부할 수 있었고, 어려울 때 만난 값진 인연도 얻었다.

목소리 콤플렉스

"전화 vs. 문자"

TV 예능 프로그램에서 연예인의 양자택일 인터뷰가 나올 때면, '당연히 문자 아닌가?'라는 생각을 했다. 꼭 받아야 하는 전화라 할지라도 전화벨이 울리면 나는 본능적으로 3초 정도 망설이다가 수신 버튼을 누르곤 한다. 가벼운 욕까지 주고받을 정도로 아주 친한 친구의 전화라고 할지라도 일부러 못 본 척 외면한 적도 있다. 쉽사리 전화를 받지 못하는 이유는 내게 목소리 콤플렉스가 있기 때문이다.

나를 만난 지 얼마 되지 않은 사람들에게 자주 받던 질문 중 하나는 "너 목소리가 원래 그래?" 였다. 상처가 되는 말이지만 왜 그런 질문을 했는지 충분히 이해가 된다. 나는 소위 말하는 '귀여운 척하는 목소리'를 가지고 있다.

항상 그런 건 아니지만 민망한 상황이 오거나 친근한 사람 앞에서 자연스럽게 나오는 목소리다. 만화영화에서 성우가 연기하는 어린아이와 비슷하다. 공교롭게도 원래 목소리는 굉장한 저음을 가지고 있기 때문에 가끔씩 튀어나오는 이 '깜찍한 목소리'가 나를 끔찍하도록 창피하게 만든다. 가끔은 친해진 지 얼마 되지 않은 사람과 통화를 할 때면 내가 감기에 걸렸는지 많이들 물었다. 그걸 해명하기 귀찮아 나중에는 그냥 감기 기운이 생긴 것 같다고 말해버렸다.

어렸을 때 애교가 아주 많았던 나는 집에서 앙탈 부리던 그 목소리를 쉽게 고치지 못했다. 아직도 집에서는 이 코맹맹이 소리로 가족들과 대화를 한다. 아빠는 이런 내 모습에 아이들 앞에서 제대로 말이나 할 수 있을지 늘 걱정하셨다. 밖에서는 세상 걸걸한 아저씨가 따로 없는데 말이다. 이제는 오히려 내 본래 목소리를 가족들에게 들려주는 게 더 민망하다. 친구와 굵은 목소리로 통화할 때 엄마가 방에 들어오면 갑자기 입을 못 열고 우물쭈물한다.

습관처럼 애교 섞인 목소리를 내는 걸 고치지 못한 이유에 대해 나름대로 추측해본 적이 있다. 아마 내가 가진 본래의 저음 목소리가 내 성격과 어울리지 않는다고 생각했기 때문이지 않을까? 진지하게 말하는 것뿐인데 화난 것처럼 들릴까 봐, 농담인데 진담으로 오해할까 봐, 시크

하고 낯선 사람으로 생각해 날 어려워할까 봐 걱정이 되어 억지로 음을 올린 것이다. 그런데 그게 과하게 정착된 것이다.

코로나19로인해 아이들과 처음으로 마주하게 된 것은 얼굴이 아니라 목소리였다. 원격수업을 시작하면서 내 목소리가 담긴 수업 영상을 만들어야 했다. 편집을 하기 위해 듣는 영상 속 내 목소리는 정말 소름 끼치도록 부끄러웠다. 15분의 영상을 만들기 위해 1시간 이상 녹음하고 그것마저도 마음에 안 들어 3~4번은 다시 만들었다.

처음에는 목소리를 한껏 깔고 수업을 시작했지만 후반부로 갈수록 역시나 코맹맹이 목소리가 흘러나왔기 때문이다. 수업 영상을 게시하고 나서도 출퇴근하며 몇 번이고 돌려 들었다. 아직 얼굴도 본 적 없는 선생님의 첫인상이 목소리로 형성되는 것이기에 정성을 쏟지 않을 수 없었다. 하지만 그것으로 끝나는 일이 아니었다. 아이들과 직접 만나지 못하니 통화를 통해 전달할 사항이 많았다.

통화는 편집이 되지 않기 때문에 수업영상보다 더 신경쓰였다. 안 그래도 젊은 선생님인데 목소리는 '초딩'이라면 아이들의 웃음을 사기 딱 좋다고 생각했다. 한 마디 한 마디 신경쓰며 통화를 시작했는데, 하루에 30통이 넘는 전화를 하게 되자 나중에는 모든 걸 해탈하기 시작했다. 어느샌가 목소리 따위는 신경 쓰이지 않았고 아이들에게 잔소리를 쏟아붓는 담임선생님만 남아 있었다. 그러나 그 누구도 나의 목소리에 대해 질문하는 학생은 없었고, 이상한 눈초리로 바라보는 동료 선생님도 없었다. 심지어 우리 반 아이들에게 인터넷 폼을 통하여 설문조사를 했는데, 선생님에게 하고 싶은 말을 쓰는 칸에 처음으로 '목소리가 좋다'는 말을 듣기도 했다. 편견 없이 나를 있는 그대로 받아들여준 아이들에게 고마움을 느꼈다. 그리고 공교롭게도 학급 목표를 정하는데 차순위로 큰 지지를 받은 의견이 '각자의 색으로 채워지는 개성 있는 학급'이었다.

아이들 덕에 이제 나는 1초의 망설임 없이 전화가 필요한 사람에게 통화버튼을 누를 수 있게 될 만큼 콤플렉스를 극복했다. 그리고 대면 수업으로 진행했던 4주간의 만남 동안 단 한 번도 나의 목소리 때문에 스트레스를 받았던 적이 없었다. 이제는 내 목소리에 대해 의아해하는 사람들에게 "나는 원래 그래. 이게 나야?"라고 말해줄 수 있을 것 같다.

장미 개학

장미가 피는 6월에 등교를 한다고 해서 2020년에 '장미 개학'이라는 말이 생겼다. 사실 개학은 온라인으로 4월에 했지만 등교는 6월이었다. 선생님들끼리 설마 아이들 하복 입을 때 만나게 되는 거 아니냐고 우스갯소리로 했던 말이 현실이 되고 말았다. 중학교 1학년 아이들이 몸보다 1.5배 정도 크게 맞춘 동복을 입은 귀여운 모습을 보지 못해 많은 선생님들이 아쉬워하셨다. 내가 학교에 다닐 때와는 다르게 요즘 아이들은 하복이 아예 생활복으로 바뀌었기 때문에 아이들이 교복을 입은 모습을 보려면 찬 바람이 부는 가을을 기다려야 했다. 물론 그때쯤이면 나는 학교에 없을 테지만 말이다.

3개 학년이 순차적으로 한 주씩 등교했기 때문에, 1학년이 오기 앞서서 먼저 2학년이 학교에 왔다. 나는 수업이 1학년과 2학년에 걸쳐 있어서 2학년 교실에서 데뷔 무대를 가지게 되었다. 1학년 교무실 선생님들 대부분 2학년 수업이 없으셔서 교무실에서 혼자 수업하러 떠나는 나는 큰 주목을 받았다. 선생님들의 응원을 받으며 설렘 반 두려움 반으로 2학년 교실에 들어섰다.

"과학시간 맞죠?"

어색하게 첫인사를 나눴다. 아이들은 마스크를 낀 채 미동도 없이 잔뜩 경직되어 있었다. 코로나19 때문에 밥 먹는 것과 화장실 가는 것까지 통제를 받으니 긴장을 안 할 수가 없었을 것이다. 딱딱한 분위기를 풀어주려, 아이들의 취향 저격이라는 '똥 얘기'도 하고 초콜릿도 주며 원맨쇼를 펼쳤지만, 교실엔 웃음소리 하나 들리지 않고 썰렁했다. '수업이 이렇게 재미없는 거라면, 나 선생님하기 싫은데.'라는 생각까지 들었다.

그런데 교무실에 들려오는 말에 의하면, 내 수업뿐만 아니라 다른 선생님들의 수업도 학생들이 리액션이 없었다. 친구들과의 대화도 거의 금지당했기 때문에, 수업시간 선생님의 질문에도 습관처럼 입을 못 연다는 것이었다. 아이들이 안타깝긴 했지만 싸늘했던 내 수업 분위기에 대한 변명거리가 생기는 것 같아 위로되었다.

다른 학교에 근무 중인 친구와 통화하며, 지금은 너무

특이한 상황이니 우리의 정식 데뷔 무대라고 생각하지 말기로 했다. 지금은 이렇게 아이들의 눈이라도 마주칠 수 있는 상황에 만족하기로 했다.

미루고 미뤄졌던 등교 날이 되어 드디어 우리 반 아이들을 마주하는 순간이 다가왔지만 생각만큼 긴장하거나 떨리지는 않았다. 이미 하루에 수십통씩 아이들과 통화를 하고 있었고 이제는 농담까지 주고받는 편안한 사이가 되었기 때문이다. 덕분에 교생실습을 하던 대학교 4학년 때, 아이들 앞에서 눈 밑을 바르르 떨며 인사하는 부끄러운 상황은 연출되지 않았다.

그러나 첫날 조회에서 펜팔친구를 실물로 보는 듯한 어색한 기운은 피할 수 없었다. 등교 전에 워킹스루로 아이들과 교과서를 배부해주면서 만나긴 했지만, 30초 정도 되는 짧은 시간 동안 스쳐지나간 것과 다름 없어서 아이들에게 나는 거의 초면인 셈이었다. 내 앞의 동그랗고 맑은 60개의 눈이 나를 바라보고 있었다.

"바라고 바랐던 학교에 드디어 등교하게 되었어요. 많이 설레고 들떴을 텐데, 아쉽게도 코로나19 감염 방지를 위해 많은 부분에 있어서 통제를 받게 될 것입니다. 쉬는 시간은 따로 없고, 수업과 수업 사이에 5분씩 화장실만 다녀올 수 있는 시간을 줄 거예요. 사물함이나 음수대 사용도 불가하며 당연히 다른 반에 놀러갈 수도 없고…"

아이들의 초롱초롱한 눈망울을 애써 외면하며 단호한 어조로 감옥과 같을 앞으로의 학교생활을 예고했다. 선생님들들이 1학년 아이들은 처음 중학교에 입학하여 새로운 수업환경이 낯설어 잔뜩 긴장해 있을 거라고 하셨다. 중학교는 초등학교와 다르게 교과 선생님이 모두 따로 있고, 담임 선생님도 교실이 아닌 교무실에 있다는 것이 가장 큰 차이다. 교실에 들어와 교탁에 서서 하지 말아야 할 것들만 읊어대다가 홀연히 나가는 담임 선생님의 모습이 아이들에게 불친절하고 정 없게 느껴질 수 있겠다는 생각에 교생 때처럼 아이들이 마음을 열지 못하면 어쩌나 걱정이 되었다.

　　그러나 우려와는 다르게 아이들은 기다리던 중학교에 왔고, 궁금했던 선생님과 친구들을 만났다는 것에 신이 나서 첫 조회 때의 어색함은 금세 날려버리고 마냥 천진난만한 모습을 보였다. 1학년 전체가 밝고 쾌활한 분위기였는데, 덕분에 나는 2학년 수업에서 풀지 못한 한을 1학년 아이들을 통해 해소할 수 있었다. 가벼운 농담을 치는 학생들도 있었고, 자발적으로 손을 들고 발표하기도 했다. 친구가 발표를 마칠 때면 학교가 떠나가라 박수를 쳐 댔다. 생기 넘치는 아이들을 보니 '맞아, 이게 내가 원하던 수업이야.' 하며 마음속으로 뜨거운 열정이 북받쳤다.

　　하지만 행복은 그리 오래가지 못했다. 1학년 10개 반 중에서 우리 3반은 전교에서 가장 시끄러운 반으로 소문이 나버렸다. 남학생들이 엄청난 수다쟁이에 장난꾸러기였다. 선생님보다 본인들이 더 말을 많이 하고 싶어서, 조종례가 매번 늦어져 우리 반은 거의 항상 꼴찌로 하교를 했다. '선생님, 이름 한자로 뭐예요?', '선생님, 분필이 왜 그렇게 생겼어요?', '선생님, 백두산이 중국에 있어요?' 일주일 동안 아이들에게 받은 질문이 거짓 없이 100개는 족히 되었다.

그중에서 가장 나를 괴롭힌 질문은 '가정법'이었다. 질문하면 그래도 대부분 대답을 해주려고 노력했지만, '만약에'로 시작해서 '어떻게 돼요?'로 끝나는 질문에 나는 더 이상의 대답은 무의미하다는 걸 깨달았다. '만약에, 학생증 잃어버리면 어떻게 돼요?', '만약에 코로나 걸리면 어떻게 돼요?', '만약에, 과제 안 하면 어떻게 돼요?' 아이들은 선생님들과 친구들의 관심을 끌기 위해 어떻게든 질문을 만들어냈다. 애정이 부족한 아이들이구나 싶어서 이해는 됐지만, 더 이상의 어린애 같은 응석을 받아 줄 수 없어 여러 번 혼을 냈다. 하지만 마음먹고 엄하게 혼내도 다음날이 되면 아무 일 없었다는 듯 다시 시끄럽게 떠들어댔다. 잡초가 인간이 되면 우리 반 남학생들이지 않을까?

우리 반 수업을 하고 오신 선생님들은 3반 애들 왜 이렇게 시끄럽냐며 혀를 내두르시곤 하셨다. 3반 교실 앞을 지나갈 때면 선생님들의 입 다물라는 소리가 계속해서 흘러나왔다. 그래도 욕 한번 내뱉지 않고, 반항심도 없는 착한 아이들이라 밉다는 생각은 들지 않았다. 다른 반 선생님에게 크게 혼이라도 나면, 쌤통이라는 생각보다 '으이그, 차라리 나한테 혼나지.'라는 마음이 먼저 들었다. '내 새끼'라는 감정이 이런 거구나 싶었다.

등교 첫 주 금요일엔, 드디어 너희들을 2주 동안 보지 않아도 되니 신난다고 장난스레 말했더니, 본인들이 내 꿈에도 나타날 거라며 질척거렸다. 이 귀여운 아이들을 어떻게 미워할 수 있을까? 정말 마음 아프게도 나는 단 며칠 만에 아이들이 좋아졌고, 학교를 떠나기 싫어졌다.

학기마다
이별 준비

　나는 평소 정이 많은 성격은 아니라고 생각한다. 차갑거나 예민하진 않지만 그렇다고 어디에다 쉽게 마음을 주는 성격 또한 아니다. 그래서 나는 원격수업으로 인해 우리 반 아이들과 한 학기 동안 대면 수업으로 불과 4주 정도만 만나기에, 정이 깊이 들지 못할 거라 생각했다. 하지만 아이들과 한 주, 한 주 시간이 갈수록 너무나 많은 감정을 쌓게 되었다.

　얼굴은 일찌감치 다 외운 지 오래였다. 아이들의 사진을 파일로 받아 나이스 사이트에 등록해주기 위해, 사진 하나 하나 손 보며 흰 배경을 넣어주다가 얼굴을 익혀버린 것이다. 아이들이 워킹스루로 교과서를 받으러 학교에 온 날에는 내가 먼저 이름을 불러주기 위해 특별히 더 애써서 얼굴과 이름을 외워둔 것도 있다. 등교 개학 전에 통화도 많이 했다. 학생들이 원격수업이 익숙하지 않아 하나부터 열까지 안내해주기 위해 교무실은 거의 콜센터가 되었다. 이런 이유로 몇 달 만에 만나는 아이들도 오래 알고 지낸 사이처럼 친근했다.

우리 반은 1학년 중에서 가장 활발하고 생기가 넘쳐서 더 특별하게 여겨졌다. 물론 도가 지나친 아이들을 혼내느라 일주일 만에 살이 쏙 빠지기도 했지만, 그래도 아이들과 정신없이 지낸 덕분에 진짜 선생님이 된 기분이었다. (원래도 가짜 선생님은 아니지만.) 아이들이 사랑스러워 미소가 지어질 때마다, 학기 말에 어떻게 헤어짐을 고해야 할까 고민이 되었다. 그 짧은 일주일 사이에 30가지의 시나리오를 머릿속에 그려본 것 같다. 하지만 아무리 생각해도 행복한 결말은 결코 떠오르지 않았다.

금요일에 아이들이 떠나고 미처 정리하지 못한 교실을 청소하면서도 계속 아이들이 떠올랐다. 아이들이 원하는 사진을 넣어 만들어준 책걸상 이름표를 훑어보며, 일주일 동안 이름 한번 못 불러준 아이를 발견할 때면 미안하고 속상한 마음이 들었다. 지우개 가루가 잔뜩 바닥에 떨어진 자리를 쓸면서 '공부 열심히 했네.' 괜시리 뿌듯한 마음이 들었다. 에어컨 밑에 앉은 이 아이는 춥지 않은가, 이 자리에선 책상이 잘 안 보이지 않는지, 창가 쪽 아이들이 창틀

먼지를 마시진 않을지, 하나하나 신경이 쓰였다.

퇴근길에 지은이와 전화통화를 했다. 지은이도 중학교 1학년 담임이라 나와 같은 주에 아이들을 맞이해 서로 많이 바빠 대화도 못 나누고 일주일을 보냈기 때문에 할 말이 많이 쌓여 있었다. 오래 고민하다가 지은이에게 말해버렸다.

"나 슬프게도 아이들과 정들어버렸어."

친구들과 얘기할 때마다 이대로 아이들에게 '사이버 선생님'으로 남는 건 아닌지 웃으며 이야기를 하곤 했었다. 아마 아이들은 나중에 내 얼굴도 기억 못 할 거라고. 나도 아이들에게 정들 틈도 없이 학교 끝날 거라며 농담을 했었다. 기간제 교사를 시작하며 내가 아이들과 정이 들어버려서 한 학기 더하겠다고 하면 욕하면서 뜯어말리라고 지은이에게 당부하기도 했다. 2학기에도 일을 하면 임용고시 1차 시험은 물론이고 2차 시험까지 제대로 준비하지 못할 게 뻔했기 때문이다. 그렇기에 내가 아이들과 정이 든 것은 슬픈 일이었다.

1학년 아이들이 다시 원격수업 체제로 들어간 지 5일이 흐르고, 금요일이 된 어느 날이었다. 교감 선생님이 나를 부르셨다. 나는 혹시나 기간제 연장에 대해 말씀하시는 건 아닌가 하고 긴장이 되었다. 코로나19 때문에 온라인 강의를 찍어야 하고, 온라인상에서 아이들을 관리하는 것이 교사 모두에게 낯설고 힘든 일이었기에, 원래 내 자리의 선생님이 휴직을 연장하지 않을까 예상하고 있었다. 하지만 이렇게 갑자기 이야기가 나올 줄 몰라서, 생각 정리가 끝나지 않은 채로 1층 교무실을 향하게 되었다.

교감 선생님께서는 처음인데 '열심히' 한다는 당연한 말로 칭찬 아닌 칭찬을 해주시며 말을 꺼내셨다. ('잘한다'가 아니라 '열심히 한다'라서 신경 쓰였다.) 2학기 계획을 물어보시기에 없다고 말씀을 드렸다. 그리고 예상한 대로 2학기도 해줄 수 있냐는 제안을 하셨다. 준비하던 게 있어서 하루만 생각해보고 답변을 드려도 될지 말씀드렸다. 교감 선생님께서는 조금 당황하시며 그럼 되는 쪽으로 생각해달라고 하고 바로 자리를 뜨셨다.

다시 4층 1학년 교무실로 올라오는데, 많은 감정이 교차했다. 그중 가장 큰 부분을 차지하는 건 아이들을 더 볼 수 있는 기회가 생겼다는 기쁨이었다. 하지만 임용고시를 생각하면 절대 받아들이면 안 되는 제안이었다. 벅차오르는 감정에 교무실에 오래 앉아 있지 못하고 우리 반 교실로 들어갔다.

학교에서 나를 원치 않아 떠나는 것과 내가 계약 연장을 거부한 것은 큰 차이가 있다. 휴직하신 선생님이 돌아오셔서 내가 떠나야 하는 상황이 된다면, 내가 아이들과 헤어질 때 '나도 더 있고 싶은데 어쩔 수 없어.'라며 죄책감을 덜 수 있다. 하지만 내가 아이들을 저버리고 떠나는 것이라면 미안한 감정을 속일 수 없을 것 같았다. 교실 한쪽 끝에 앉아 텅 빈 교실을 바라보니 눈물이 왈칵 터져 나왔다. 머리를 푹 숙였다. 눈물이 바닥으로 계속 떨어졌다. 나의 이기심 때문에 아이들이 담임 선생님을 2명이나 만나게 될 수 있다. 처음으로 기간제 교사를 시작한 게 후회되었다. 내가 기간제 교사가 아니었다면, 1년 내내 너희를 보살펴줄 수 있을 텐데, 내년에 2학년 되는 것도 보고 졸업하는 것도 볼 수 있을 텐데.

이윽고 나는 아이들을 떠날 수가 없다는 결론에 이르렀다. 그만둬야 하는 10가지 이유를 떠올려도 자꾸만 그 위로 그려지는 아이들과 함께하는 2학기 모습에 이미 내 마음속으로는 결정이 끝났다는 것을 부정할 수 없었다. 많은 걸 해줄 수 없겠지만 아이들을 떠나지 않는 것, 이것 하나는 꼭 해주리라 다짐했다. 그리고 이 결정을 후회하지 않도록, 내가 지금의 2배, 3배로 더 부지런히 움직여 아이들과 행복한 2021년을 맞이할 것을 다짐했다.

기간제 선생님이라
미안해

그날은 처음으로 눈화장을 하지 않고 출근했다. 펑펑 울게 될 것을 예측이나 한 것처럼. 교감 선생님과 2학기 출근을 구두로 약속한 뒤로 아직 도장은 찍지 않았지만 마음이 아주 편해졌다. 나도 모르게 아이들과 곧 헤어지게 될 것을 많이 걱정해온 모양이었다. 아이들에게 나의 상황을 에둘러 설명하며 이별을 고하지 않아도 되는 것이 좋았다. 기간제 교사의 편견을 없애 보겠노라 열심히 그리고 잘, 교직 생활을 해오고 있었지만, 여전히 '기간제'라는 꼬리표는 나를 바닷속으로 가라앉히는 닻처럼 느껴졌다. 아이들에게 '이 닻이 무겁기는 하지만 부끄럽지는 않아.'라고 씩씩하게 말할 자신이 없었다. 그런데 이제는 겨울에 긴 설명이 필요없는 자연스러운 이별을 할 수 있게 되어

기뻤다.

우리 반 아이들이 자신의 몸집보다 훨씬 크게 맞춘 동복을 입은 모습을 상상해보았다. 가을이 오기 전에 아이들의 하복 입은 모습을 담아주려 필름카메라를 구입했다. 학교에서 마실 커피 캡슐도 배송비를 아낄 겸 대량 구매해두었다. 몇 달은 쓰고 남을 대용량 구강 세척제를 교무실 캐비닛에 쟁여두었다. 2학기에 배울 과학 범위를 훑어보면서 "화학 부분이네. 만만치 않겠다." 중얼거렸다. 학부모님과 전화 상담을 하며 걱정하시는 바를 잘 알고 있으니 아이를 오랫동안 주의 깊게 지켜보겠다는 약속도 드렸다. 2주 동안 참 많은 것을 계획하며 설레는 기분이었다, 나는.

나의 계약 상황을 누구에게도 먼저 말한 적이 없는데, 많은 선생님들이 이 일에 대해 이미 다 알고 있었다. 복도를 지나가며 열 마디도 안 나눠본 선생님이 '학교에 남을지 결정하셨어요?'라고 물어보기도 했고. 과학과 회의를 하는데 다른 과학 선생님들이 "2학기 하신다면서요~?" 하며 축하해주기도 했다. 학교에는 비밀이 없다.

교감 선생님으로부터 2학기 계약 무산 통보를 받은 날에도 얼마나 빨리 다들 알게 될까 마음이 쓰라렸다.

교감 선생님이 교무실 전화로 나를 부르셨다. 사람의 촉이란 게 무서워서 그때부터 나는 안 좋은 일임을 직감했다. 에이 설마 하면서도 혹시나 계약에 문제가 생겼나 하는 불안감을 안고 서둘러 1층 본교무실로 내려갔다. 조심스럽게 교무실 문을 여는데 평소와 다르게 선생님들과 실무사님들이 먼저 크게 인사로 맞이해주셨다. 교감 선생님은 2학기 계약 연장을 말씀하실 때와는 다르게 방으로 나를 안내했다. 첫 마디를 떼는 순간 설마가 맞다는 것을 깨달았다.

"박수정 선생님, 처음인데 경력 있는 것처럼 정말 일도 잘한다고 1학년 부장이 칭찬 많이 했어요."

교감 선생님께 듣고 싶었던 칭찬을 이런 상황이 와야 들을 수 있는 거구나 마음이 아렸다.

"2학기도 함께 하고 싶었는데, 휴직하신 선생님께서 갑자기 다시 복직하고 싶으시다고 연락이 왔어요. 말을 갑자기 바꾸니까 저도 재차 전화해서 확인했는데, 본인도 상황이 어쩔 수 없다고 하네요. 미안해요, 선생님."

마스크로 반쯤 가려졌음에도 교감 선생님의 미안한 표정이 보이는 듯했다. 임용고시 준비하고 있는지 물으시면서 이번에 꼭 붙을 것 같다며 솔직함보다는 미안함으로 가득 찬 응원을 해주셨다. 교감 선생님의 잘못이 아님에도 거듭 사과하고 앞길을 응원해주시는 따뜻한 마음에 나 또한 정말 괜찮다는 말만 반복했다.

교무실을 나서고 보니 온몸이 땀으로 가득했다. 2학기 계약 연장 제안을 받았을 때와 다르게 눈물이 나오지 않았고 묘하게 멍한 상태로 교무실에서 묵묵히 업무를 보았다. 퇴근 시간이 되어 학교를 나서고 나서야 깨달았다. 교감 선생님과의 10분간의 대면을 기억 저편에 묻어 두고 떠올리지 않으려 안간힘을 썼다는 것을. 그리고 교문을 나서자 힘이 풀리며 눈물 터져 나왔다. 집으로 가는 길 내내 마스크 속으로 눈물이 고였다. 서러웠다.

결국 내가 기간제 교사라 생긴 일인데, 나를 탓하기 싫어 미워할 사람을 찾았다. 육아 휴직 연장하기로 했으면서 말을 바꾼 선생님. 그 선생님을 타깃으로 삼아 마음속으로 실컷 욕했다. '일머리가 없어서 동료 선생님들께 미움이나 받아라.' 저주를 퍼부으며 형편없는 사람이길 바랐다가도, 우리 반 아이들의 담임이 될 선생님이니 그래도 마음은 따뜻한 사람이었으면 싶었다. 이름을 기억해두었다가 혹시나 나중에 교직 생활에 마주칠 일이 생기면 그때 힘들었다고 귀엽게 툴툴대보려고 한다.

다시 나는 또 아이들과의 이별을 준비해야 했다. 한 번만 아파도 될 일을 2번 당한 기분이었다. 반년이나 남았던 아이들과의 시간이 한 달로 줄었다. 앞으로 1학년이 등교하는 주는 2번이다. 2주 동안 아이들에게 반년의 사랑을 눌러 담아 전해줘야겠다고 결심했다.

기간제 교사는
방학이 싫다

～～～～
～～～～
～～～～
～～～～

    곧 헤어짐을 알고 있는 나의 마음만을 제외하고 모든 것이 달라지지 않았다. 늘 그랬듯 아이들은 원격수업에 지각하기도 하고, 등교 주간의 월요일 조회에는 얌전한 척 웃음을 머금고 나를 바라보고 있었다. 해맑고 떠들썩한 3반은 변함없이 나에게 하루의 기쁨을 안겨주었고, 선생님이 꼭 되어야 한다고 소리 없이 외치고 있었다. 남은 시간을 아이들과 어떻게 보낼지 많은 고민을 했다. 장난꾸러기들이 많아 매일같이 혼냈던 지난 몇 개월이 후회되었고, 평소 해주고 싶었던 힘이 될 만한 응원이나 따뜻한 말 한마디를 자주 해주지 못해 미안했다. 생각해보니 아이들은 그동안 내 잔소리만 먹고 자랐던 것 같다. 학기 초 내가 아이들 앞에서 쓴소리 한번 제대로 할 수 있을까 걱정하던 나는 온데간데 없었다.

　남은 시간만이라도 우리 반에게 칭찬도 많이 해주고, 아이들의 마음 속 고민이나 걱정도 들어줘야겠다고 다짐했다. 하지만 역시 우리 학교 1학년 최강의 말썽꾸러기답게 하루도 큰 소리 없이 지나가는 날이 없었다. 아이들과 깊은 대화를 나눌 염두도 내지 못한 채 하루가 정신없이 지나가 버리곤 했다. 다짐한 지 하루 만에 '그래. 혼내는 것도 사랑의 표현이야?'라는 생각으로 평소와 똑같이 하기로 마음을 고쳐 가졌다. 하루하루 속으로는 방학식이 며칠 남았는지 세고 있었지만, 겉으로는 아이들에게 내색하지 않았다.

　그래도 아이들 모르게 나만의 마지막을 준비하고 있었다. 방학식 날 의미 있는 선물로 무엇을 주면 좋을까 고민했다. 아이들이 좋아할 만한 것은 초콜릿이나 과자와 같은 간식이겠지만, 그런 것으로 당장의 마음을 사고 싶지 않았다. 지금은 그 가치를 잘 몰라도 훗날 나이가 들고 어른이 되었을 때 소중하게 느낄수 있는 것을 선물하고 싶었다. 그래서 달콤한 포장 없이 아이들에게 내 진심을 얇은 L자 파일 안에 담아 나눠주었다. 얼마 전 찍은 단체 사진 그리고 아이들 얼굴을 하나 하나 떠올리며 쓴 30개의 편지였다.

　사진은 어려운 상황 속에서 겨우 찍어낸 가장 특별한

선물이었다. 코로나 때문에 북적거리는 자연스러운 장면은 담지 못했지만, 체육 선생님의 배려로 체육 시간이 끝나고 남는 시간에 강당에서 사진을 찍었다. 마스크를 쓰고 거리 두기를 한 사진. 단번에 2020년임을 알 수 있는 사진.

편지는 후임 선생님이 복귀 결정을 번복했다는 사실을 듣고 나서부터 쓰기 시작했다. 추억이 많지 않았지만 30명 각각의 특징과 개성을 떠올려 모두 다르게 써주었다. 대화를 많이 못했어도 '선생님이 나를 늘 지켜보고 계셨구나.'라는 생각이 들게 해주고 싶었다.

이제는 곧 떠나 앞으로 아이들이 느낄 좌절의 순간, 포기하고 싶은 순간에 곁을 지켜주지 못하기 때문에, 미리 격려와 응원을 해주고 싶었다.

아이들은 이런 내 마음을 읽을 수 있을까? 방학식이 코앞으로 다가왔다.

꼭 다시 만나

아이들에게 줄 선물과 더불어 동료 선생님께도 마음을 전하기로 했다. 방학식이 있기 이틀 전에 1학년부 선생님들과 과학선생님들, 정보과학부 선생님들, 수석·교감·교장 선생님에게 초콜릿과 감사인사를 전할 계획이었다. 초콜릿을 들고 1층 본교무실에 들어서자마자 선생님들이 학교에서 직접 찐 옥수수라며 먹어보라고 권해주셨다. 뵈어야 할 선생님들이 많아 일단 모두에게 인사 드린 후에 먹어야겠다고 생각했다. 일단 "잘 먹겠습니다." 하고 지나가려는데 한 선생님이 나를 붙잡으시곤 손에 옥수수를 쥐여주셨다. 마치 명절날 할머니 댁에 온 것만 같은 푸근함이 느껴졌다. 결국 옥수수를 한 손에 들고 선생님들에게 인사를 하러 다녔다. 여러 부장 선생님과 교감 선생님은 꼭 1

차 시험에 합격해서 연락하라며 2차 수업실연과 면접 멘토가 되어주겠다고 하셨다. 한 학기 동안 부족한 나의 모습을 보면서도 내 노력과 진심을 보고 교사로서의 길을 응원해주는 마음이 감사했다. 아직 나에게는 선생님들이 동료가 아닌 스승님으로 느껴지는 것 같다.

옥수수를 한 손에 들고 한참 고민하다가 본교무실 바로 옆에 있는 교장실 문을 두드렸다. 학교를 떠날 날이 얼마 남지 않아 인사드리러 왔다며 선생님들이 옥수수를 주셔서 그대로 들고 들어왔다고 죄송하다고 수줍게 말씀드렸다. 교장 선생님은 전혀 개의치 않으시고는 벌써 가실 때가 되었냐고 아쉬운 표정을 지으셨다. 계약 연장을 번복하게 된 점에 대해서도 안타까운 마음을 전해주셨다. 학교의 큰 어른들이 어쩌면 그들에겐 별거 아닐 수 있는 일을 기억하고 내 감정을 공감해주셔서 큰 감동을 받았다. 교장 선생님께서는 초콜릿에 대한 답례를 해야 한다면서 서랍을 열심히 뒤져서 코팅된 네잎 클로버를 찾아 건네주셨다. 긴말 없이 짧은 몇 마디와 함께 전하는 선물이 나에게 묵직한 응원이 되었다.

1학년부 선생님들은 오늘 가는 것도 아닌데 왜 당장 갈 것처럼 그러냐며 귀여운 앙탈을 부리셨다. 초콜릿 위에 선생님들을 향한 감사 인사와 함께 나의 부족함으로 인해 아이들에게 미안함을 느낀다며 3반 아이들에게 많은 사랑을 부탁한다는 쪽지를 붙여 드렸다. 선생님들은 보자마자 "선생님이 뭐가 미안해요~ 선생님 잘하셨는데!"라며 나를 위로해주었고, 학년 부장님은 "수정쌤이 하셔서 3반 아이들이 그 정도인 거예요~. 선생님 아니었으면 아이들 더 난리 났을 거예요."라고 말씀해주셨다. 평소 부장님은 진중하고 빈말은 안 하시는 성격이어서 그 말씀을 들으니 울컥해서 눈물이 고였다. 눈물이 나는 걸 들킬까 봐 고개를 푹 숙이고는 북받치는 감정을 억누른 채 "아니에요~. 감사합니다." 하며 황급히 교무실을 나갔다.

아이들에게는 언제 이별 소식을 전하면 좋을까 고민하다가, 방학식 하루 전날 종례 때 말을 꺼냈다. 기뻐해야 할 방학식을 당혹스러움으로 가득 채우긴 싫었기 때문이다. 슬퍼하거나 서운함을 느끼면 어떡할까 걱정했는데, 예상과는 다르게 내가 떠난다는 말에 아이들은 크게 동요하지 않았다. 물론 슬퍼하긴 했지만, 내가 상상했던 눈물 바다와 같은 장면은 펼쳐지지 않아 속으로 머쓱했다. 자초지종은 내일 이야기하자고 마무리했다.

방학식 날이 되었다. 어렵게 입을 뗐다. 준비한 선물을 주며 어제 말한 대로 오늘이 우리가 올해 함께할 마지막 날임을 전했다. 하지만 영원히 안 볼 사이인 것처럼 말하긴 싫었다. 다들 잘 커서 스무 살이 되면 다시 보자고 약속했다. 물 안 챙겨와서 선생님이 사준 물 얻어먹은 사람들은 스무 살되면 알바해서 나한테 소고기 사주라며 농담도 했다. 내가 올해 처음으로 교단에 선 것도 고백했다. 신규 교사인 걸 아이들에게 들켰다고 생각했는데, 나의 고백에 아이들은 전혀 몰랐다고 눈이 휘둥그레졌다.

"처음 선생님이 되어 담임을 맡았는데 너희와 같은 장난꾸러기들을 만났다며, 선생님이 얼마나 힘들었겠니?"

웃으며 오랜 시간 대화를 나눴다. 지난 한 학기를 추억하며 수다를 떨다 보니 우리의 이별은 슬픔보다는 웃음으로 가득했다.

"7월 등교 주 때, 너희들 크게 혼낸 적 있잖아. 그때 종례 끝나고 정훈이가 청소시간에 선생님한테 물었어. '선생님은 처음부터 선생님이 되고 싶으셨어요?'라고. 맞아. 선생님은 중학생 때부터 줄곧 선생님이 되고 싶었으니 맞다고 대답했지. 그랬더니 정훈이가 '그럼 오늘 선생님 된 거 후회하셨어요?'라고 되묻더라. 그때 너희들의 수업 태도에 화가 나서 혼낸 건 맞지만, 너희를 만나고 단 한 번도 선생님이 된 걸 후회한 적은 없어. 사실 선생님은 오랫동안 막연하게 꿈꿔왔던 선생님이란 꿈이 내가 정말 사랑할 수 있는 직업인지 확인해보고 싶어서 이 학교에 왔어. 그리고 너희들을 만났고, 선생님은 꼭 선생님이 되어야겠다고 다짐했어. 처음 본 순간부터 너희들이 사랑스럽고 좋아."

마지막 종이 울리고 진짜 종례를 할 시간이 되었다. 선생님의 첫 제자가 되어줘서 고맙다는 말과 함께 처음이자 마지막으로 반장에게 인사를 시켰다. 그동안은 내가 반장의 구호에 맞춰 인사를 받는다는 게 쑥스럽게 느껴져 한 번도 시키지 않았지만, 다시 오지 않을 마지막이니까 들어보기로 했다. 3반 아이들이 올해 처음이자 마지막으로 한 목소리를 내었다.

　"차렷, 인사!"

　"감사합니다."

　진작에 들어볼걸 그랬다. 아이들의 목소리가 하나가 되어 교실에 울려 퍼졌다. 나는 쑥스러워하지 않고 의연하게 아이들의 인사를 받았다.

　종례가 끝났음에도 아이들은 교실을 쉽게 떠나지 못했다. 여학생들은 선물로 준 단체 사진을 들고 와 사인을 해달라며 모여들었다. 귀여운 꼬마숙녀들의 장단을 맞춰주며 "성함이 어떻게 되세요?" 연예인 흉내를 냈다. 사인 대신 사진 뒷면에 '고맙고 사랑해! ♡'라고 적어주었다. 여학생 팬들과 귀여운 팬 미팅을 마치고 돌아보니, 청소를 하기로 했던 인원보다 훨씬 많은 아이들이 남아 있었다. 남학생들은 여학생들처럼 이별의 아쉬운 마음을 직접 표현하지 못하고 말없이 교실에 남아 청소하고 있었다. "이야~. 너희들 선생님이랑 헤어지기 아쉬워서 자발적으로 남아서 청소하고 있는 거지?" 물었지만, 부끄러운지 대답은 하지 않았다. 그렇게 아이들은 각자의 방식으로 나에게 마음을 전했고, 나는 찰떡같이 잘 알아들었다.

내가 학교를 떠난다는 소식을 듣고 다른 반의 학생들도 청소시간에 우리 반을 찾아와 2학기 때는 정말 못 보는 건지 다시 물으며 슬퍼했다. 역시 나는 이 학교의 파워 연예인이었나 보다. 짧은 시간 동안 아이들과 이별의 시간을 가졌다. '인사는 길게, 작별은 짧게' 나의 첫 번째 제자들과 그렇게 헤어졌다.

종례를 마치고 돌아오니 1학년부 선생님들이 깜짝 선물을 주었다. 내가 2학기 때 임용고시 공부를 할 것을 아시고 텀블러와 카페 쿠폰을 마련한 것이다. 무엇보다도 좋았던 것은 선생님들의 응원이 담긴 롤링 페이퍼였다. 교무실에서, 학교에서 다시 꼭 만나자는 말씀들에 눈물이 터져나왔다. 아이들과의 마지막에도 안 울었는데, 선생님들과 헤어지려니 눈물이 났다. 낯선 이곳에서 한 학기 동안 선생님들께 많이 의지하고 정이 들었던 모양이다. 눈물을 쏟아 내는 와중에 여기저기서 들려오는 선생님들의 따뜻한 말씀들에 몸 둘 바를 몰랐다. 가장 교직에 오래 몸담았던 선생님께서는 마지막 교무실을 나가는 길의 나를 꼬옥 안아주셨다.

학교에 처음 왔던 추운 2월부터 시작해서 장맛비가 끝

이질 않았던 8월의 중순까지, 나는 매순간 반드시 선생님이 되어야겠다고 생각했다. 6개월의 짧은 시간이었지만 너무나 행복했고 동시에 괴로웠다. 기간제를 임용고시 준비와 병행하기로 결심할 당시 정교사에 미련을 버리면 어쩌나 했던 고민은 쓸데 없는 것이 되었다. 나는 기간제를 하면서 한순간도 기간제라는 이유로 차별받은 적이 없었지만, 아이들과 원치 않는 이별의 방식으로 이별을 맞이해야 한다는 것이 너무도 슬프고 힘들어서 꼭 정교사가 되어야겠다고 다짐했다. 반드시 아이들 곁으로 돌아갈 것이다.

'1차 1순위 합격을
진심으로 축하합니다'

　　2020년 12월 29일 오전 10시. 임용고시 1차 시험 합격자 발표 날이다. 1차 시험이 끝나고 합격자 발표를 기다리는 한 달 동안 교과서 분석과 수업실연, 면접 공부, 경기도 시책 공부를 하며 시간을 보냈다. 작년까지만 해도 스터디룸이나 졸업한 대학교의 강의실을 빌려 스터디를 했는데, 올해는 코로나 때문에 그럴 수 없어 온라인으로 스터디를 했다. 밴드에 수업실연 영상을 찍어 게시하고, 서로의 영상을 본 뒤 피드백 댓글을 남겨주었다. 처음 겪어보는 상황이라 2학기에 기간제를 하지 않는 나와 같은 선생님들은 저마다 방에 화이트보드나 전지, 시트지를 붙이고 연습해야 했다. 기간제 경력이 있으면 수업했던 교과서 내용이 익숙하고 핵심 개념을 아이들의 수준에 맞춰 풀어내는 능력이 좋다는 장점이 있다. 그러나 수업실연은 단순히 강의력이 좋다고 높은 점수를 받을 수 있는 것은 아니다. 수업실연은 15분간의 연극과 같은 것이다. 문제에서 주어진 자료와 조건을 잘 이용해야 하고, 보이지 않는 학생들과 열심히 상호작용하며 학생중심 수업을 이끌어내는 것이 중요하다. 그래서 기간제 경력이 없더라도 연습으로 충분히 발전할 수 있다. 면접 스터디는 실시간 쌍방향 플랫폼으로 이루어졌다. 서로가 평가위원이 되어 면접을 봐주었다. 면접의 질문은 지역 교육청 시책에 대한 것이거나 학교에서 발생할 수 있는 여러 상황에 대한 교사의 대처, 교사의 자질 등 묻는 범위가 굉장히 넓다. 그렇기 때문에 시책에 대한 공부와 학교 현장의 이야기를 알아보는 것은 물론이고 최대한 많은 예상 문제를 접해보는 것이 필요하다.

날짜가 다가올수록 긴장감에 머리가 지끈거렸다. 설렘보다는 긴장감이 커져갔고, 스터디에서 선생님들의 웃음기는 점점 사라져 갔다. 세상의 모든 일이 시시하게 느껴졌다. 시사, 연예, 스포츠 뉴스 그 어떤 것보다 나의 임용고시 합격 여부가 세상에서 가장 제일 중요한 문제였다. 아이들 곁에 있을 수 있는 자격이 언제쯤 내게 주어질까 생각을 하며 긴 밤을 보냈다. 맘이 힘들 때면 영화〈리틀 포레스트〉를 보기도 하고, 반려견 깨비를 품에 꼭 안고 기도를 하며 안정을 되찾았다.

그렇게 발표날이 하루 앞으로 다가왔다. 쉬어도 쉬는 것 같지 않게 시간을 보내다가 예고 없이 대구 지역에서 먼저 합격자 발표가 났다. 이렇게 해마다 합격 발표 일시를 맞추지 않은 지역 교육청들이 있어 놀랄 일은 아니었다. 대구의 생물 1차 합격자 커트라인 점수는 68.33이었다. 1차 시험 후 가채점을 해보지 않았기 때문에 높은 점수인지 낮은 점수인지 가늠이 잘 가진 않았지만, 경기도 1차 커트라인 재작년 점수인 77점과 작년 72점에 비하면 높게 나오진 않았다. '경기도는 몇 점일까?', '이 정도 점수라면 나도 가능하지 않을까?'

　그렇게 상상의 나래를 펼치며 선잠을 자다 다음날 오전 10시가 되어 눈을 떴다. 온몸의 털이 곤두서는 느낌이었다. 눈을 뜨는 동시에 잠이 확 달아났다. 너무 떨려서 바로 합격자 조회를 하지 못하고, 침대에 누운 채 과학 임용고시 카페에 들어가 경기도 합격 커트라인 점수부터 확인했다. 73.67점이었다! 대구 커트라인보다 꽤 높은 점수에 두려움이 커졌다. 가능만 하다면 합격자 발표 확인을 평생 미루고 싶었지만, 같이 스터디하는 선생님들께 알려야 했기 때문에 그럴 수 없었다. 곧 나의 2021년이 결정된다. '제발… 나에게 기회를 주세요. 이 세상 학교 일 제가 다할게요.'

　엄마가 깨지 않게 조용히 책상 앞에 앉았다. 1차 합격자 발표날을 일부러 부모님께 알리지 않았다. 불합격 화면만큼 보기 싫은 것이 실망하는 부모님의 모습이기 때문이다. 축축해진 손을 잠옷에 닦아가며 노트북을 켜고 경기도 교육청 사이트에 들어갔다. 깊은 심호흡을 내쉰 후 합격자 조회 버튼을 클릭했다. 결과는… 합격이었다!

"1차 1순위(공립) 합격을 진심으로 축하합니다."

간절히 바라던 한 문장에 눈물이 쏟아져 나왔다. 나의 몇 년의 결실을 처음으로 마주한 순간이었다. 깜깜한 긴 터널의 한 줄기 빛이 보이는 기분이었다. 내가 공부하는 데 많은 도움을 주었던 지은이에게 전화해서 나의 합격 소식을 처음으로 알렸다. 함께 펑펑 울며 고생했다고 울부짖었다. 나의 우는 소리에 엄마가 방에 달려와 합격했냐며 얼싸안고 함께 기뻐했다. 알고 보니 엄마와 아빠는 1차 합격자 발표날을 이미 알고 있었는데, 내가 부담될까 봐 티를 내지 않고 기다렸던 것이다. 4번이나 불합격한 내가 이런 넘치는 배려를 받고 있었다.

내 점수는 76.33점이었다. 커트라인 점수와 큰 차이는 나지 않았지만 2.66점이 나에게 너무 귀했다. 붙고 떨어지는 차이는 소수점 차이로 결정되기 때문이다. 1.5배수 중 1배수 안에 들었을까? 뛸 듯이 행복했던 순간도 잠시, 불안감과 촉박함이 밀려왔다. 당장 2차 준비 공부를 시작하고 싶었다. 하지만 스터디 카톡방에 말을 떼기 쉽지 않았

나는 임고생이고

다. 10시 20분이 지나가던 때, 한 선생님이 침묵을 깼다.

"말씀 꺼내기 어려우실 듯하여 제가 먼저 꺼냅니다. 저는 올해도 고배를 마셨네요…. 안타까운 마음이지만 선생님들께서는 좋은 결과 있으셨을 거라 생각합니다. 어떻게 되셨는지 편히 결과 말씀해주세요~"

어렵게 꺼낸 한 선생님의 메시지를 시작으로 선생님들이 저마다 서로를 위로하며 합격 여부를 밝히기 시작했다. 6명의 스터디원 선생님들 중 나를 포함해서 4명이 합격했다. 합격한 한 사람은 다른 지역으로 시험을 응시했기 때문에 다른 스터디를 새로 구하기로 했다. 1차 시험과는 다르게 2차 시험은 지역마다 유형과 문제가 조금씩 다르게 치러지고 있기 때문이다. 그렇게 3명이 1월 26일과 27일에 있을 2차 시험을 준비하게 되었다.

12월에는 느슨하게 공부를 해왔다면, 1월에는 시험까지 몰아붙이며 단 하루도 쉴 수 없는 일정으로 진행되었다. 화요일, 목요일, 토요일엔 화상 면접을 했고, 일주일에 12개의 수업실연 영상을 찍어 밴드에 올렸다. 간단해 보이지만 각자 시책과 면접 주제를 공부하는 것은 물론이고 면접 문제도 직접 출제하며, 스터디원의 수업 영상에 피드백 댓글을 달다 보면 하루는 금방 사라졌다. 그래도 경기도에선 올해 코로나로 인해 자기성장소개서 제출과 집단토의가 사라져 부담을 좀 덜었다.

스터디 선생님들이 아무리 선의의 경쟁자이고 모두 함께 잘되었으면 하는 마음이 있었지만, 나날이 성장하는 선생님들과 다르게 내 맘처럼 수업이 되지 않고, 유창하게 면접 답변을 하지 못할 때면 자괴감에 눈물이 나오기 일쑤였다. 상식이 많고 말주변이 좋은 선생님과 기간제 경력이 많아 수업능력이 좋은 선생님 사이에서 나는 이도 저도 아닌 어중간한 사람이었다. 지은이가 1차 시험을 준비할 때보다 2차 시험을 준비할 때가 더 힘들었다고 했던 말이 이제야 이해가 되었다. 그렇게 몸과 마음이 지쳐갔지만, 2차 시험을 볼 기회를 받지 못해 슬펐던 작년을 떠올리며 책상 앞에 억지로 몸을 앉혔다.

2차 시험 첫날

　매일 쳇바퀴 돌 듯이 연습을 하다, 드디어 2차 시험날이 코앞으로 다가왔다. 생물 교과는 정보, 지구과학 교과와 함께 오산시에 있는 학교로 배정이 되었다. 집에서 차로 40분이나 걸리기 때문에 학교 근처의 호텔에서 묵기로 했다. 수많은 걱정거리 중에 차가 밀려 입실 시간을 못 맞출 걱정 하나는 줄이는 게 낫기 때문이다. 25일 월요일. 저녁을 먹고 아빠와 엄마와 함께 집을 나섰다. 분홍빛 노을이 아직도 기억에 남는다. 이때까지만 해도 긴장감보다는 설렘이 조금 더 컸다. 얼른 내가 준비한 것을 보여주고 싶었고, 이 지겨운 임용고시 여정의 마지막 문고리를 얼른 돌리고 싶었다. 열렸을까, 닫혔을까?

　호텔에 도착해서 아빠와 짧은 인사를 마치고, 엄마와

방에 올라가 짐을 풀었다. 교과서 글자가 도저히 눈에 들어오지 않아서, 책은 일찍이 접고 수조에 물을 받아 목욕을 했다. 엄마는 내가 긴장할까 봐 일부러 더 평소처럼 행동하는 것 같았다. TV도 보고, 임영웅의 노래도 틀어놓으며 내일의 이야기는 꺼내지 않았다. 일찍 잠자리에 누웠는데, 긴장한 탓에 쉽게 잠이 들지 않았다. 설상가상 이불이 어찌나 바스락거리던지. 조금만 뒤척거려도 겨우 감겨오던 눈이 번쩍 떠졌다.

다음 날 아침, 엄마가 집에서 싸 온 찰밥과 컵라면을 준비해주셨는데 들어갈 리가 없었다. 한두 입 먹고 속이 울렁거려 침대에 대자로 누워 깊은 심호흡을 했다.

'할 수 있다. 나는 무대 체질이다. 무대에서 모든 걸 보여주자.'

속으로 되뇌었다. 출발할 시간이 되어 정장을 차려입고 택시를 호출한 뒤 호텔 밖으로 나왔다. 정장 차림에 미용실을 다녀온 것처럼 예쁘게 머리 망으로 감싸 누가 봐도 중요한 입사시험을 보러 가는 듯한 사람이 서 있었다. '설마 임용고시 보는 사람인가? 요즘엔 단정하게만 하고 오면 되는 추세라고 들었는데?' 하나로 묶고 실삔으로 꽂은 게 다인 내 머리와 검정색이지만 세트가 아니라서 미묘하게 색깔이 다른 자켓과 바지가 참 소박하게 느껴졌다. 아니나 다를까 학교에 도착해보니 대부분이 다 머리를 망으로 묶고 완벽한 정장 차림을 하고 있었다. 트렌디한 세미 정장을 입어볼까 잠시 생각했던 과거의 나의 계획이 아찔하게 느껴졌다.

첫날 시험은 수업실연과 수업나눔이 있다. 시험은 12명이 같은 평가위원 앞에서 실연을 하게 된다. 즉 모든 수험생들이 같은 사람에게 점수를 받는 것이 아니라는 의미다. 정확한 채점 기준이 있겠지만, 수험생 입장에서 이는 불안 요소 중 하나다. 다정하게 웃어주는 평가위원을 만나느냐, 하품을 하며 채점지만 바라보는 평가위원을 만나느냐도 수험생에게는 굉장히 큰 정서적 영향을 미치기 때문이다. 12명 중에 몇 번째로 시험을 보느냐도 중요한 관건이다. 1번부터 6번까지는 점심시간 이전에 시험을 치르고, 7번부터 12번까지는 오후에 시험을 치러 가장 늦게는 4시가 넘어서 마치는 경우도 있다. 대기실에서는 어떠한 책을 볼 수도, 쓸 수도 없기 때문에 잠을 자거나 멍을 때리며 오랜 시간을 버텨야 한다. 첫날 나는 무려 관리번호 1번을 뽑았다. 부담스럽긴 하지만 오후에 보는 것보다는 훨씬 낫다고 생각했다.

9시가 되면 각 대기실의 관리번호 1번은 구상실로 이동한다. 25분 동안 구상실에서 제시된 수업 내용과 조건을 이용하여 수업을 구상하게 된다. 25분이 어찌나 빠르게 지나가던지, 25초가 지나간 느낌이 들었다. 더군다나 지금까지 중학교와 생명과학I까지만 출제가 되었는데, 이번에는 생명과학II에서 주제가 출제되어 당황스러웠다. 25분 후에는 평가실로 이동한다. 평가실에는 3명의 평가위원이 앉아 있었다. "안녕하십니까? 관리번호 1번입니다." 인사를 하고 잠시 대기하다가 종이 울리고 수업실연이 시작되었다. 다행히 그동안 30번이 넘는 수업을 연습하면서 자동화되었던 것들이 로봇처럼 튀어나와, 크게 떨지 않고 실연할 수 있었다. 주어진 15분을 다 쓰지 않고 약 1분 정도 남기고 마쳤다. 잘했다고 생각했다. '이대로라면 만점 아닐까? 잘했어!' 속으로 스스로를 칭찬해주고 있었는데, 잠시 후 되돌아보니 판서에 오류가 있었다. 심장이 쿵 내려앉으며 마음이 쓰렸지만, 이미 되돌릴 수 없는 일이었다. 정신 차리고 바로 수업나눔 면접을 준비해야 한다. 수업나눔이란 자신의 수업을 성찰하며 주어진 3개의 문항에 대해 답변하는 것이다. 매해 비슷한 유형으로 출제되기 때문에, 열심히 준비해서 자신이 있었다. 그러나… 당황스럽게도 내가 예상했던 문항은 하나도 나오지 않았다. 한 달간 수업나눔 질문에 대해 구조화하여 답변할 수 있도록 그렇게 연습했는데, 그 노력이 무색하게 12월 초, 투박하고 맥락 없이 말하는 나로 되돌아왔다. 평가실을 나오는데 허무함이 말로 다 할 수 없어 입술을 꽉 물었다. '붙을 수 있을까?'

2차 시험 둘째 날

　호텔로 돌아가는 내내 나의 수업이 생각이 났다. 완벽했다고 생각했던 내 수업에서 부족했던 점이 하나둘씩 떠올랐다. '만점은 개똥이 만점이다.' 과학 임용고시 카페에 들락거리며 나처럼 수업나눔을 어려워한 사람이 없는지 살폈다. 다들 어려웠다고 말해주면 위로가 될 것 같았다. 하지만 그렇게 말해주는 사람은 많지 않았고, 나의 어지러운 마음을 다잡기 너무 힘들었다. 호텔에 있는 내내 나의 실수들이 자꾸 내 심장을 후벼 파는 것 같아 힘들었다. 2차 시험이고 뭐고 집에 돌아가 쉬고 싶은 마음이 간절했다. 눈물이 쏟아질 것 같았다. 몇 점이나 깎였을까? 면접에서 잘하면 만회할 수 있을까? 커트라인에서 2.66점밖에 차이가 나지 않는데, 2차에서 몇 점을 받아야 최종합격할 수 있을까?

　엄마의 추천으로 저녁은 아구찜을 먹기로 했다. 오산시는 바다와 가까워서 해산물을 먹어야 한다고 했다. 해산물이고 뭐고 너무 힘들어서 오산시 자체가 너무 싫었다. 하지만 나의 불안한 기분을 엄마에게까지 안겨주고 싶지 않았고, 생각을 정리할 겸 바람을 좀 쐬고 싶어 직접 나가서 포장해왔다. 역시 몇 점을 채 먹지도 못하고 침대에 가서 누웠다. 이날도 역시 쉽게 잠들지 못했다. 그 조금 먹은 아구찜이 소화되지 못하고 계속 트름이 올라왔고 속이 더부룩했다. 엄마가 옆에서 밤새 손을 주물러줘서 겨우 2~3시간 정도 잘 수 있었다.

　피곤한 몸과 마음을 억지로 깨우며 아침을 맞았다. 아침은 감히 먹을 생각도 하지 않았다. 이렇게 무섭고 긴장되는 감정은 정말 처음이었다. 둘째 날은 면접이 있었다. 나는 면접보다는 수업실연이 더 자신 있던 타입인데, 수업실연을 만족스럽게 하지 못했으니 더 자신이 없었다. 호텔을 나서는 순간 그래도 위로되었던 하나는 이제 잠시 뒤면 집에 돌아갈 수 있다는 것이었다. '편안한 마음으로 얼른 해치우고 집에 가자!' 나의 마지막 구호였다.

　관리번호를 뽑는 순간이 다가왔다. 뒷번호를 뽑으면 엄마가 호텔 밖에서 나를 기다려야 할지도 몰라 걱정이 되었다. 그런데 럭키! 2번이 나왔다. 1번보다는 부담이 덜 되면서 기다림으로 인한 긴장감이 더 몰려오지 않는 아주 좋은 순번이라고 생각한다. 앞 사람이 대기실을 떠난 지 20분 뒤, 나도 짐을 챙겨 구상실로 향했다. 올해 경기도는 집단토의가 사라지면서 면접이 한 문항 더 늘어 구상형 3문항과 즉답형 2문제로 치러졌다. 15분 동안 구상실에서 구상형 3문항에 대한 답변을 준비했다. 경기 시책에 자신이 없었는데, 다행히 교사로서 지혜와 자질이 주로 필요한 질문이었다. 즉석에서 문장을 잘 못 만들기에, 최대한 15분 안에 많은 문장을 써 내려갔다. 15초 같은 15분이 흘러 평가실로 이동했다. 오늘도 3명의 평가위원이 자리하고 있었다. 수업실연 때와 마찬가지로 들어가서 인사를 한 뒤 잠시 대기 후 바로 면접이 시작되었다. 준비했던 구상형 3문항에 대한 대답을 막힘없이 했다. 가장 왼쪽의 여성 평가위원은 나의 답변을 들으며 열심히 채점지를 뒤적거리고 있었고, 가운데 있던 평가위원은 손에서 펜은 아예 놓은 채로 나를 계속 응시하며 고개를 끄덕였다. 오른쪽의 남성 평가위원은 지루한 듯한 표정을 보이시며 빈 벽을 가만히 보고 있었다. 무서운 인상은 없었기에 떨지 않고 당당하게 말을 할 수 있었다. 이어서 즉답형 두 문항을 확인했다. 재작년에 나왔던 독서교육이 또 출제될 줄이야! 준비하지 못했던 것이라 당황했지만, 무난하게 답변을 했던 것 같다. 15분 중에 12분도 채 쓰지 않고 면접을 마쳤다.

평가위원들의 반응이 뭔가 '충분히 알았으니까 그만하고 가라.'는 것 같았다. 시간이 너무 많이 남은 것 같아서 당황스러웠으나, 모자라서 조건을 채우지 못한 것보다는 낫다고 스스로를 위로했다. 면접은 생각보다 잘 해낸 것 같다. '잘했어.'

학교 앞에 나를 데리러온 부모님을 보니, 집으로 돌아갈 수 있다는 해방감에 너무 기분이 좋았다. 이제 밥도 잘 먹고 잠도 잘 오겠지. 지옥 같은 이틀이 다시 내게 찾아오지 않으면 좋겠다고 생각했다. 합격의 문고리를 잡고 있는 60여 명의 생물 임고생들이 아마 나처럼 고통스러운 시간을 보냈을 것이라 생각한다. 산 정상에 도착하기 직전에 가장 숨이 가쁘고 힘들 듯이 말이다. 내가 보낸 이틀은 스물여덟 내 생애 가장 힘든 순간이었다.

생물 1차 시험 같은 경우, 틀린 문제는 대부분 어려워서 못 푸는 것보다 몰라서 못 푼 것이기 때문에 시험 후에 후회가 많이 남지는 않는다. 왜 이렇게 지엽적인 곳에서 문제를 내는 것인지 화가 날 뿐이다. 하지만 2차 시험이 끝나면 더 나은 수업과 더 나은 답변이 떠올라 자꾸 나를 괴롭힌다. 쉬려고 해도 머릿속이 시험으로 가득 차고, 하루에도 수십 번 기분이 오락가락한다. 2월 9일. 최종 합격자 발표가 있다. 길고 긴 터널을 나갈 수 있을까? 정교사가 될 수 있을까?

좋은 선생님이 될 거예요

한 권의 책에 담은 오랜 고민과 걱정은 끝이 났다. 우리는 각자가 결정한 길을 걸어가고 있다. 2021년 봄이 오기 전 추운 겨울, 수정은 임용고시에 최종합격하여 정교사가 되었고, 보영은 기간제 교사로 중학교에 취직하여 행복한 교사 생활을 하고 있다.

경기 북부의 한 고등학교로 발령 받은 수정은 출퇴근하는 데만 왕복 3시간이 걸려서 피곤을 달고 살지만, 아이들의 사랑에 매일을 꽃밭에서 살고 있다. 보영은 새로 근무할 학교를 찾는 데 마음 고생을 조금 했지만, 새 학교에서도 금세 적응해 동료 선생님들과 즐거운 학교생활을 하고 있다.

요즘 우리는 아침에 출근하자마자 메신저를 켜고, 아이

들이 얼마나 사랑스러운지, 어떤 학생이 나를 속 썩이는지, 학교 분위기는 어떤지 매일 선생님의 일상을 나누고 있다. 정말 다행히도 우리의 이야기는 해피 엔딩으로 끝났지만, 모두가 이런 끝을 맞이할 수 있을지는 모르겠다.

10년을 다 바쳐 임용고시 공부를 했는데 합격하지 못할 수 있고, 어느 학교에서 기간제 교사로 일하며 차별을 당하고 상처를 받고 있을 수도 있다. 누군가에게 우리의 이야기가 동화처럼 들릴지도 모르겠다. 결국 각자가 원하는 대로 되었으니까.

그런데 이 말을 하고 싶다. 우리는 선생님이라는 꿈을 이뤄낸 이야기를 하려고 글을 쓰기 시작한 게 아니었다. 고등학교, 사범대, 임고생 시절을 거쳐 한결같이 선생님이 되고 싶다는 마음만 가지고 살며 지금에 이르기까지의 과정을 기록해왔고, 선생님이 되는 길을 걷고자 하는 사람들에게, 평범한 우리의 이야기를 들려주자고 결심했다. 그리고 포기하지 말고 각자의 해피 엔딩을 만들어가자고 말해주고 싶었다.

지금 행복하다. 아주 행복하다. 힘들게 공부했던 그 그나긴 시간들이 흩날리는 꽃잎처럼 가벼이 느껴질 정도로 ……. 나는 이 가치 있는 일을 하기 위해 여기까지 버텨온 것이다.

"선생님 덕분에 제 열일곱이 행복했어요."

"선생님이 지난 한 해 저의 버팀목이었어요."

"저도 커서 과학 선생님 할래요!"

"선생님 같은 멋진 어른을 만난 건 정말 축복 같아요."

"선생님, 사랑해요."

나를 사랑해주는 아이들과 내가 사랑하는 아이들. 함께 하는 이 순간들이 모두 필름 사진처럼 아름답게 추억되고 있다. 아이들은 정교사와 기간제 교사를 구분하지도 않고 차별을 하지도 않는다. 그저 선생님들을 사랑한다. 진심을 다하면 그만큼 언젠가 그 마음이 되돌아왔다.

세상의 모든 직업들이 각자의 보람과 행복을 가져다주지만, '선생님'이라는 직업은 특히나 사람이 사람에게 주는 기쁨과 감동이 있다. '스승의 가장 큰 재산은 제자이다.'라는 말처럼 선생님은 살면서 '사람'을 얻는다. 그 가치가 너무나 귀하기에 우리의 꽃 같은 20대를 다 바쳐 공부한 것을 후회하지 않는다. 그 시간으로 인해 우리는 더 나은 사람이 되었고, 아이들에게 더 좋은 선생님이 될 수 있었을 테니까.

10년 전으로 돌아가도 같은 길을 걷겠느냐라고 묻는다면 "Yes!"다. 다만 선생님이 되기 위해 공부하는 것이 아니라 '좋은 선생님'이 되기 위한 방법을 더 찾고 노력하겠다고 대답할 것이다.

어엿한 선생님이 된 지금, 고민이 끝난 줄 알았는데 새로운 고민이 생겼다. 어떻게 하면 더 좋은 선생님이 될 수 있을까? 다시 노력한다. 한 명이라도 더 집중할 수 있는 수업을 만들기 위해, 상처를 주지 않고 아이들이 잘못한 행동을 반성할 수 있게 하기 위해. 교사는 완성되지 않고 평생 계속해서 발전해야 하는 사람인 것 같다.

　퇴근 후와 휴일에 틈날 때마다 책을 들여다본다. 문제집을 여러 권 풀어보고, 인터넷 강의도 듣는다. 임고생 시절과 다를 바 없이 바쁘게 공부하는 나날을 보내고 있지만 마음은 가볍다. 어쩌면 그 시절의 나와 지금의 나의 가장 큰 차이는 마음가짐이 아니었을까?

　이 글을 읽고 있는 독자들 중, 불안감 속에 교사를 준비하고 있는 분들께 해주고 싶은 말이 있다.

　"당신은 결국 선생님이 될 거예요. 더 좋은 선생님이 되기 위한 과정을 겪고 있는 것 뿐입니다. 그러니 두려움보다는 설렘을 느끼셔도 됩니다."

나는 임고생이고 기간제 교사입니다

초판 1쇄 인쇄　2021년 5월 15일
1쇄 발행　2021년 5월 30일

지은이　김보영, 박수정
발행인　정수동
발행처　저녁달

출판등록　2017년 1월 17일 제406-2017-000009호
주소　경기도 파주시 문발로 142 니은빌딩 304호
전화　02-599-0625
팩스　02-6442-4625
이메일　moon5990625@gmail.com
인스타그램　@moon5990625

ISBN　979-11-89217-10-5　　　03810